絶唱

湊かなえ

Minato Kanae

新潮社

目次

絶唱

楽園

KOBE

一〇歳の誕生日をひと月過ぎた日、初めて、祖父母と妹の眠る神戸の霊園を、両親と一緒に訪れた。

三人が亡くなってから五年。両親は毎年来ているのに、わたしだけ一度も連れてこられなかったのは、新幹線で三時間かかるという距離が原因ではない。わたしの中の震災の記憶を呼び起こさないためという、両親の配慮からだった。

連れて来ることにしたのは、わたしにトラウマ的な症状が現れず、健やかに成長しているからだと、母に言われたけれど、本当のところは、わたしがもう、おかしなことを言わなくなったからだろう。

――雪絵《ゆきえ》ちゃん、これが毬絵《まりえ》ちゃんのお墓よ。

立派な墓の隣に、お地蔵様が彫られた小さな墓があった。「毬絵・享年五歳」と刻まれた文字が目に飛び込み、息をのんだ。ずっと、妹は祖父母と同じ墓に入っているのだと思っていた。まさか、こんな墓が建てられていたなんて。

わたしは生まれたとき一人ではなかった。冬の北海道で出会った夫婦は、生まれてきた双子の娘に、毬絵、雪絵、と名付けた。気の強い毬絵とおとなしい雪絵。けんかをすることもなく、二人はいつも一緒だった。あの日までは。

阪神淡路大震災。神戸にあった父の実家は全壊、そして全焼し、焼け跡からは、祖父母と五歳の女の子の遺体が発見された。

あの日死んでしまったのは、毬絵。

児童心理学の教授である母は、わたしに「毬絵ちゃんのぶんまでがんばってね」なんて言い方はしなかった。誰しもが、一人分の人生を全うするだけで精一杯なのだから。

――雪絵ちゃんは、雪絵ちゃんらしく生きればいいのよ。

その言葉をいつも自分に言い聞かせながら、ここまでやってきたけれど、胸を張って名乗れる自信はない。だから、行かなければならない。

楽園に。わたしがわたしになれるように――。

*

雪絵が姿を消して一週間経つ。

隣で寝ていたはずなのに、目が覚めると、雪絵の姿が消えていた。

午前八時。一限目に講義があり、それに出席するために出て行ったのだろうか。しかし、アラームが鳴っていた記憶はない。あいつは早起きが大の苦手で、八時までに起きなければならない日には、大音量でアラームを鳴らすものだから、必然的にこちらも一緒に目が覚める。

こちらが先に起き、雪絵を起こしてやるのがいつものパターンだ。それなのに、今日はどうしったのだろう。書き置きがないかとこたつの上を見たけれど、発泡酒の空き缶が五本転がっているだけだ。ケータイにもメールは届いていない。もしかして、何か怒らせるようなことをしてしまっただろうか。

昨夜の会話を思い出す。あいつが作れる数少ないレパートリーであるカレーを食べ、もうすぐ誕生日だなという話をしただけだ。これでどうどうと酒が飲める。だけど、犯罪を起こせば実名が出てしまう歳になるのだし、これからは自分の名前に責任を持たなければならない――などと三ヶ月はやく二〇歳になったのをいいことに、少しえらそうな言い方はしたかもしれないが、怒るほどのことではないはずだ。バイト代がけっこう入ったから、プレゼントは何をリクエストしてくれてもいい、と大盤振る舞いな発言までしてやったのに。

こういうとき、感情をあまり表に出さないヤツは困る。

いや、考えすぎだ。普段から雪絵の予定をすべて把握しているわけではないし、知らないからといって不安になることもない。三年もつき合っていれば、朝、突然帰ることになったからといって、わざわざ起こして報告することも自然になくなるのだろう。

そんなもんだと、もう一寝入りすることにした。

昼前に目が覚めると、ケータイに着信メールがあった。雪絵からだ。

――急用ができたので、しばらく実家に帰るね。

身内に不幸でもあったのだろうか。夜中にメールが届き、慌てて帰ったのか。急用が何かは気になったが、行き先がわかったことにホッとした。

だが、あいつは実家に帰っていなかった。

それを知ったのは、ほんの数時間前。高三のときに同じクラスだったヤツから、担任が家庭科の松本先生と結婚するからお祝いをしよう、とメールが届き、雪絵にもまわしてくれと頼まれた。そこで、電話をかけ、ケータイの電源を切っていることがわかったからだ。病院に行く用でもあり、電源を切ったままにしているのかもと、実家の電話にかけてみることにした。大学教授をしている母親が出たらイヤだなと思っていたのに、受話器の向こうから、教授様の声がした。

——雪絵はこちらにはいませんが。

嘘をついているようではなかった。こちらが名乗ると、あら同じ美術部の、と思い出してくれ、今どうしているの？　と訊かれた。雪絵とつき合っていることは知らないみたいだ。担任の結婚祝いの件で連絡をとりたい、と言うと、

——携帯電話の番号を教えましょうか？

と、かなり無防備に、すでに登録済みの番号を伝えられた。お礼を言って電話を切り、もう一度ケータイを鳴らそうとしたけれど、つながることはなかった。

どこに行ってしまったのだろう。しかも、嘘をついて。

合い鍵を持っているものの、雪絵がいないときに部屋に入ったことはない。あいつがそうしないからだ。ましてや、勝手に引き出しを開けたりなど、あいつがいてもやらない。しかし、今は緊急事態だ。

ワンルームの部屋はきれいに片付けられている。いつも出しっぱなしの画材道具も、部屋の隅にまとめられている。しかも、ケータイが電源を切った状態でテーブルの上に置かれている。まるで、この部屋に二度と戻ってくるつもりがないような。

何か手がかりになるようなものはないか。

机の引き出しを開け、本棚を確認し、部屋を見渡す。――何かがない。

絵だ。五号サイズのカンバスに僕が描いて、彼女にプレゼントした。もしやと、もう一度机の引き出しを開けた。高校の修学旅行は台湾だった。そのとき作ったパスポートを、以前、何かの証明書として使ったあと、ここにしまっているのを見たのだが。

パスポートは見当たらなかった。

KINGDOM OF TONGA / TONGATAPU ISLAND

首都ヌクアロファのある、トンガで一番面積の広いトンガタプ島。飛行機は島の南側にある、ファアモツ国際空港に到着した。機内で調節した腕時計を確認する。現地時間、二時五〇分。飛行機から一歩出たわたしの目に飛び込んできたのは、暗闇の中でうす暗く光る、田舎の小学校の体育館のような建物だった。

これが国際空港？　階段を一歩ずつ下りていく。乗客たちはみな、ターミナルへと歩いて向かっている。わたしも背の高い白人男性のあとをついていった。建物に入ると、すぐに入国審査だ。相撲取りのように体の大きな女性係員が、ローマ字読みに近い、授業中よく聞き慣れたような英語の発音で簡単な質問をしてきた。わたしもあまり上手とはいえない発音で質問に答える。

日本から観光に来ました――すぐにスタンプを押してもらえた。

荷物を受け取り、外に出る。怖ろしいほど静かだ。トンガの人たちはお迎えが来ているのか、それぞれにターミナル横にある駐車場に向かっていき、観光客っぽい人たちもホテルの送迎バスに乗り込んでいる。

わたしは――宿無しだ。ニュージーランドから三時間、夜中に到着することはわかっていた。三時間もすれば夜が明けるのに、そのために一泊分の宿泊費を払うのはもったいないと思ったのだ。ニュージーランドの空港は夜中でも明るくて、人もたくさんいたから、空港で夜を明かすことに何の不安も感じていなかったのだけれど……。

辺りに宿泊施設どころか、明かり一つ見当たらない。空港内もあと五分もすれば誰もいなくなってしまいそうな気配だ。観光案内所はないだろうか。

キョロキョロしているわたしの前に、トンガ人男性がぬっと現れた。この人も相撲取りのような体格だ。白い歯をむき出しにして、ニカッと笑った。

「Siapani? Alu ki fē?」

シアパニ、アル、キフェ？　トンガ語だろうか。さっぱり意味がわからないし、腕に入れ墨が入っているし、なんだか怖い。

「You go town? 10 paʻanga only.」

中途半端な英語だ。どうやら彼はタクシードライバーで、わたしは勧誘されているようだ。町まで行けばなんとかなるだろうか。でも、こんな時間に一人でタクシーに乗るのも怖い。

着けばどうにかなると思っていた自分の無計画さを、今さらながらに後悔する。ちゃんと宿の予約を入れておけば、そこからお迎えがきてくれていたのに。タクシードライバーはまだ何やら言っている。どこのゲストハウスに泊まるのか？　それが決まってないから困っているのだ。

「あなた、日本人？」

後ろから声をかけられた。日本語だ。振り返ると、母くらいの年齢の日本人女性が立っていた。

「そう、です」

「宿は？」

「とってなくて」

「やっぱり。たまにいるのよ、そういう日本人。治安がいいったって、野宿できるほどじゃない。私、ゲストハウスを経営してるんだけど、よかったら、うちに泊まる？」

「……お願いします」

足の力が一気に抜けてしまいそうになった。女の人はくるっと背を向け、足早に歩き出す。わたしもあわててついていく。タクシードライバーが、よかったな、というふうにニカッと笑って手を振ってくれた。

駐車場に停めてある白いバンには、わたしの前を歩いていた白人男性が乗っていた。「トニー、お待たせ」っぽいことを言われている。このトニーさんのおかげでわたしはなんとか無事に夜を明かせることになったのだ。隣に座るとフレンドリーな笑顔で右手を差し出され、わたしは感謝の気持ちを込めて握手した。

「そうだ、私の名前は尚美《なおみ》。はい、名刺。あなたは？」

運転席から、尚美、さんが振り返る。

「濱野《はまの》……毬絵、片仮名でマリエです」

ショルダーバッグのポケットに名刺をしまいながら、そう答えた。

「マリエ？　じゃあ、この国では何かいいことあるかもね」

尚美さんはそう言うと、バンを発進させた。

何かいいことあるかもね。


ドタドタと床を踏み鳴らす音が聞こえる。「うるさい、裕太《ゆうた》！」と声を上げそうになって目が覚めた。裕太のはずがない。ここはトンガなのだから。ぼんやりする頭を振って辺りを見回す。ゲストハウスに到着すると、シーツを渡され、二階の一番手前の部屋に案内された。廊下に一つ明かりが灯っているだけなので、建物の構造や室内がどうなっているのかよくわからないまま、ドアに一番近いベッドにシーツを敷いて転がると、一気に意識が途切れてしまった。

この部屋は相部屋のようだ。ベッドが四台置いてある。室内を走り回っているのは小学校に上がる前くらいの子ども、日本人の女の子だ。母親らしき人は奥のベッドでまだぐっすりと眠っている。部屋を出ると、隣は談話室になっていた。椅子と本棚が置いてあり、日本の小説もかなり並んでいる。階段を下りると、広い共同キッチンと食堂があり、トニーさんが朝食をとっていた。食堂を抜けると、受付カウンターのあるエントランスで、わたしと同じ歳くらいのトンガ人の女の子が掃き掃除をしていた。

「うちで働いてくれてるメレ。ダンナの姪っ子」

カウンター奥の部屋から尚美さんが出てきた。

「よく眠れた？」

「は、はい、ぐっすりと」

「今日の予定は決まってるの？」

「ハアパイ諸島に行きたいな、って思ってるんですけど」

「今日は飛行機ないわよ。本当に行き当たりばったりなのね。うちは観光ツアーもやってるけど、どう？」

「よろしくお願いします」

何のフォローにもならないけれど、神妙な顔で頭を下げた。

尚美さんの運転するバンは、椰子《やし》の木林の中を走っている。コーラルアイランド、珊瑚礁からできた平べったい島であるこの島には山がない。椰子の木の上には抜けるような青空が広がっている。

「マリエって、大学生？」

「そうです。二年生」

「トンガ語、少しはわかる？」

「ぜんぜん。でも、英語も公用語ですよね」

「それは、ちゃんと調べてるんだ。しゃべれる？」

「多分、中学生レベルじゃないかと」

「それじゃ、辞書、手放せないね。あ、最近は携帯電話があれば大丈夫なのかな？」

「……しまった」

携帯電話は置いてきた。誰にも知られずここに来たかったから。それなら、辞書はいるだろう。けれど、トランジットのニュージーランドも含めて、ここまでほとんど日本語でやってこられたのだ。

「いいわねー。お上品でまじめそうなのに、かなり無謀で。案外、日本じゃ無理してるんでしょ」

無理していることはない。お上品でまじめなのが、わたしなのだから。


空き地の入り口みたいなところで、バンが停まった。

「さ、着いたわよ」と尚美さん。

車から降りて少し歩くと、石の鳥居のようなものがあった。

「ハアモンガの三石塔《さんせきとう》。高さ五メートル、幅六メートルの石灰石。古代の暦として使われていた、って言われてるの」

尚美さんはガイドらしく説明してくれた。三石塔の隣りで、トンガ人女性が二人、貝殻や椰子の実でできた民芸品を売っている。

「Mālō e lelei!」

いきなり、笑顔で声を掛けられた。これも、トンガ語っぽい。

「何て言ってるんですか?」尚美さんに訊いてみる。

「マロエレレイ。トンガ語で、こんにちは、って意味。この先、いろんなところでこうやって声かけられるわよ。マリエも言ってみたら?」

「……マロエレレイ?」

「Yo!」

つぶやくような声だったのに、親しみを込めた合いの手を返してくれる。嬉しいような、くすぐったいような。わたしはいったい何をしに来ているのだろうと、この国に来た目的を忘れてしまいそうになる。


バンは入り江になった穏やかな海辺に到着した。なにやら、石碑が建てられている。

「ここはね、キャプテン・クックが上陸した場所なの。トンガ人がみんな親切なもんだから、イギリスに帰国したあと、彼はこの国を、フレンドリーアイランド、って紹介したのよ」

「フレンドリーアイランド?」

「ま、そのうちわかってくるわよ」

尚美さんは自信たっぷりにそう言った。

岸壁と白い砂浜、その向こうに水平線が広がっている。ここは太平洋のど真ん中で、地球が丸いということを改めて思い知らされる。

「フファンガルペ。ガイドブックだと、ここがトンガで一番すばらしい景色って書いてあるわ」

「トンガで一番?」

でも、ここはあの場所じゃない。

次に案内されたのは、ホウマの潮吹き穴。テラスのようになった岸壁がずっと続いている。三〇キロメートルあるらしい。そこに、太平洋の荒波が打ち寄せるごとに、至る所から豪快な水柱が立ちあがる。こんな激しい海は初めてだ。ほんの数日前に、神戸の墓地から見えた穏やかな海を思い出す。

「マリエ、ラッキーね。今日は大当たり。こんなに豪快なのは久々よ」

波の音に負けないくらいの声で尚美さんが言った。海はいろいろな顔を持っている。だけど、わたしが捜しているのはここでもない。

ハアタフビーチに着くと、「そろそろお昼にしようか」と言われた。トンガタプ島、西の端の海岸は真っ白い砂浜に青い海、青い空といいかんじにわたしの理想に近づいてきた。

白人夫婦の経営するオープンスタイルのカフェで、尚美さんはわたしのと二人分、ハンバーガーを注文した。プレートの上には、バカでかいハンバーガーに溢れんばかりのフライドポテトが添えられていた。これが一人分かと驚いたけれど、この国の人たちの体型を思い浮かべると納得できる。顔より大きなハンバーガーに思い切りかぶりついた。

「私は個人的に、このビーチがお気に入りなの。静かだし、きれいでしょ?」と尚美さん。

わたしは口の中にハンバーガーを入れたまま頷いた。

「それにね、ここは夕日がとてもきれいなの」

「夕日?」今度は飲み込んでつぶやく。

「そうよ。水平線に沈む真っ赤な太陽、見たことある?」

黙って首を横に振った。そうだ、ここは西の端だ。

食事を終えたあとも、しばらく海を眺めていた。波の音が心地よかった。

尚美さんは白人の奥さんに紙幣を渡した。

「ここは、私のおごりだから」

「それは、困ります」急いで財布から紙幣を取り出す。

「あの時間に着いたのに、ちゃんと両替してるんだ」

「ああ、それはニュージーランドの空港で」

トンガの通貨単位が「パアンガ」とそこで知った。一パアンガ、六〇円。どの紙幣にもトンガの王様の顔がプリントされていて、五パアンガは紫とか、一〇パアンガは青とか、それぞれ色で区別されている。

「でも、宿はとってなかったのね」

尚美さんは苦笑混じりにそう言った。


バンはかろうじて舗装されている道を走っている。集落にさしかかると、トンガ人の子どもたちが遊んでいる姿が見えてきた。不思議なことに太っていない。どこかで突然変異が起こるのだろうか。

バンが減速する。

「マリエ、外の木を見て」

開けっ放しの窓から外を見た。斜め前方に、葉をびっしりと繁らせた大きな木が見える。この木がどうかしたのだろうか。

「よく見て、葉っぱじゃないから」

目を凝らす。

「こうもり！」

葉っぱに見えたのは、何百匹ものこうもりだった。そうわかった途端、かなりグロテスクなものに見えてくる。

「コロバイ村のおおこうもり。これでトンガタプ島の観光スポットをほとんどまわったことになるの。小さな島でしょ。そろそろ街に戻りましょうか」

尚美さんはそう言うと、加速し始めた。窓からの風が心地よくて、黙ったまま、外の景色を眺める。街に向かっているという割には、同じような景色が続いている。

その中で一つ、気が付いたことがある。

「尚美さん、この国って、なんでやたらと教会があるの？」

少し進んでは、集落の中に小さな教会が見えていたのだ。

「だって、トンガ人の九九パーセントは、敬虔《けいけん》なキリスト教徒だもん。それぞれ宗派はあるけど、この国の人たちはみんな、天の神様を信じてるの」

神様。ショルダーバッグにそっと手を乗せた。

少しずつ建物が増え始めてきた。でも、二階建て以上のものはほとんど見られない。少し先に広い原っぱが見える。ソフトボールをしているのは日本人だろうか。

「国際ボランティア隊って知ってる？」尚美さんが言った。

「高校の先生がそれでこの国に来てたんです」

「へえ、誰？」

「松本先生」

「なんだ、りっちゃんの教え子なの？　シーズンオフの女の子一人旅だから、ワケありなんじゃないかって心配してたけど、それなら安心」

心配されていたのか。そういう空気を出しているようじゃ、ダメだ。

右前方に、オリエンタルな雰囲気の建物が見えてきた。左側には、石像の立つ広場が見える。

「右手がバシリカ教会。ちょっと不思議な建物でしょ。左手が王家の墓」

尚美さんが説明してくれているうちに、両脇に商店が建ち並ぶ通りに合流した。

「このあたりが一番の繁華街かな？　銀行、郵便局、スーパーマーケット……。さっきまでの村と比べたら結構開けてるけど、これが首都ってすごいと思わない？」

思う。地方都市ともいえないうちの実家がある町の方がまだ都会に思えるくらいだ。首都なのに、のんびりした空気が漂っている。ゲームセンターのような娯楽施設も見当たらないし、トンガ人は休日、何をやっているのだろう。

バンは市場の前を通り過ぎ、メインロードから少し中へと入っていく。「Naomi's Guest House」と看板がかかった、クリーム色でコロニアル調の二階建ての建物が見えてきた。

長い一日が暮れようとしていた。

受付カウンター奥にある尚美さんの部屋でトンガ料理をごちそうになった。

タロイモの蒸し焼き、タロイモの葉とコンビーフのココナッツミルク煮、パパイア。物珍しさ込みでおいしいと思ったけれど、これが毎日だと少しきつい。尚美さんはどうしてトンガでゲストハウスなんか経営しているのだろう。訊いてみたいけれど、同じように、わたしがここに来た理由を訊かれるのはイヤだ。

部屋を出て、宿泊代とツアー代の精算をする。財布は二つ、ちゃんとした財布に一日分を入れて、あとはしょぼい財布に入れている。修学旅行で裕太がそうしていた。

朝見かけた同室の親子連れが入ってきた。

ノースリーブのワンピースにつばの広い帽子とサングラスと、母親はばっちり南国リゾートファッションできめこんでいるのに、子どもは黒ずんだよれよれのTシャツと短パン姿だ。袋に入ったスナック菓子を食べている。

トニーさんも一緒だ。

「あら、お帰りなさい。アタタはどうだった？」

尚美さんが声をかける。

「まあまあやね。でも、やっとリゾート気分になれたわ」

母親は関西なまりでそう答えると、わたしを見た。

「夜中に来た人？」

「そうよ、マリエちゃん」

わたしは軽く頭を下げた。

「どうも、マリエちゃん。あたしは杏子《きょうこ》、杏の子。この子は花恋《かれん》、花に恋する五歳児。あたしら親子でバカンス中やねん。優雅やろ？」

　旅芸人のような自己紹介だ。杏子さんは優雅に見えるけど……。花恋ちゃんを見た。土足使用の床にしゃがんで、塩のついた手をシャツの真ん中で拭《ぬぐ》い、裸足の右足の甲にある小さな切り傷をさわっている。

「花恋ちゃん、ケガしてる」

「こっち来てずっと裸足やもんな。大丈夫、大丈夫、寝る前に絆創膏《ばんそうこう》貼っとったろ。な、花恋」

　花恋ちゃんは小さく頷いた。

「尚美さん、あたし、明日から離島の方に行ってみようと思うんやけど」

「離島って、ババウ？」

「ううん。とりあえずハアパイ」

「じゃあ、マリエと一緒。よかったわね、杏子さん英語得意だし、行きたいところがあるんなら連れていってもらったら？」

　尚美さんがわたしに言う。ハアパイにはできれば一人で行きたかった。日本人なんて誰もいなくて、自分一人の力で目的の場所まで行きたかったのに。そんなところ、世界中どこを捜してもないのかもしれない。

「よろしくお願いします」杏子さんに頭を下げた。

「そういう、堅苦しいのはなしやで」

　杏子さんはケラケラ笑ってそう言い、花恋ちゃんは油が残ったままの手で、今度は眠そうに目をこすっていた。

ゲストハウスから、わたし、杏子さん、花恋ちゃん、トニーさんの四人でタクシーに乗り、出発した。わたしは助手席で、振り返ると、杏子さんとトニーさんが腕をからめて座っている。

「マリエって、なんでそんな暑苦しいカッコしてるん？」

キャミソールにショートパンツ姿の杏子さんが、遠慮なく訊いてくる。暑苦しいって、薄手の長袖シャツと膝丈《ひざたけ》のジーンズなのに。

「日焼けしたくないから」

無愛想にそう答えると、杏子さんは興味なさげに「ふうん」と言い、トニーさんと何やらひそひそ話を始めた。きれいな発音に、人は見かけによらないな、と感心してしまう。花恋ちゃんは昨日と同じTシャツを着たまま、黙って窓の外を眺めている。

「なんもないところやけど、せやからって、偶然知り合いに会える狭さでもないなあ」

杏子さんが日本語でそうつぶやいたところで、空港に到着した。

椰子の木林の真ん中を必要最小限だけ切り取った、そんなかんじの空港だ。ここに真夜中に到着したのが、随分前のことのように感じられる。

搭乗手続きをする。

カウンター横の秤《はかり》の上に乗れ、と言っているように聞こえるのはわたしの語学力のなさからだろうか。

「マリエ、その上乗って」

隣の窓口で手続きを終えた杏子さんに言われる。

「わたしが乗るの？　バッグじゃなくて？」

「体重で席を決めるんやって。信じられへん、な」

杏子さんはトニーさんと席が離れてしまったことが不満らしい。秤の上に乗った。荷物と同じように体重が表示される。計測していたトンガ人は、小さな紙切れに手書きで座席番号を書き、渡してくれた。トニーさんの隣りだ。わたしと杏子さんは同じような体型をしているのに、どうしてなのだろう。

しかし、そんな大雑把さはまだかわいいものだった。

国内線ゲート、というよりは、ただの非常口みたいなドアから出ると、小さなプロペラ機が見えた。到着時と同じように、そこまで歩いていく。

今日もいい天気だ、と椰子の木林の上に広がる青空を眺めた。

「ママ、このひこうき、おっこちそうやな」

花恋ちゃんが初めてしゃべった。そのセリフがこれ？　と思いながら飛行機を見て、わたしはイヤなものに気が付いた。杏子さんも同じところを見ている。

「ホンマに落っこちそうやな。マリエ、見て。ガムテープやで」

「うん……」

手前に見える飛行機の翼、そのつけ根の部分にガムテープがグルグルと巻かれていた。何か補修をしているのだろうか、これは。大丈夫なのか？　でも、わたしより二倍も三倍も重そうなトンガ人が平気な顔をして乗り込んでいる。

わざとらしくトニーさんに甘えている杏子さんに座席票を交換させられ、花恋ちゃんの手を引いて飛行機に乗った。

トンガは大きく四つのエリアに分けられる。

一番面積が広くて首都のある、トンガタプ島。コーラルアイランドで、一番高い場所は海抜三〇メートルの丘。観光名所は、尚美さんに連れて行ってもらったところ。

次に大きいのが、ババウ島。ヨットハーバーが有名で、トンガタプ島とは違った南の島の趣がある。リゾートホテルがあったり、ホエールウォッチングができる。

その二つの島の中間地点にあるのが、ハアパイ諸島。小さな島が点在し、ありがたいことに、ほとんど観光開発はされていない。

もう一つは、エウア島。ボルケーノアイランド、火山島で、トンガタプ島のすぐ近くにある。山の散策コースなどがあるけれど、ここもあまり観光開発はされていない。

いつか行く日のためにと、こういうことは調べていたけれど、それよりは英語の勉強をもっとしておいた方がよかったかもしれない。

そっとショルダーバッグの上に手を乗せてみた。

窓から外を見下ろすと、紺碧《こんぺき》の海に無数の珊瑚礁からできた小さな島が浮かんでいた。コントに出てくる無人島みたいだ。少しはがれたガムテープがパタパタとなびいている。

これさえ見えなければ、最高なのに。

花恋ちゃんは昨夜と同じスナック菓子を食べている。人前でだらしなくこんなものを食べている姿をうちの母が見たら、嘆くに違いない。花恋ちゃんは塩のついた手で、右足の甲に貼られたプーさん模様の絆創膏をいじり始めた。後ろから、杏子さんのケラケラ笑いが聞こえてくる。

親子でバカンス、楽しんでいるのは親だけだ。

*

屋外プールしかない公立高校の水泳部に入ったため、一年生の秋から、美術部にも入った。絵は得意だったから。同学年の部員はたったの二人、僕と濱野雪絵。名前の通りまじめでおとなしい彼女とは、同じクラスなのに一度も口を利いたことがなかった。白くはかなげな彼女の顔はかなり好みのタイプで、少し期待を込めて「よろしく」と言ってみたら、「絵は一人で描くものだから」とそっけなく返された。

なんだこいつは？　とムカついたものの、彼女の描いた絵がイメージと全く違うことに気付き、やはり興味を持った。よく言えば、力強くてダイナミック。難を言えば、大雑把で細部の描き込みが甘い。本当はこういうキャラなんじゃないかと、いろいろ話しかけてみては、いつもそっけなくあしらわれていた。僕だけが避けられていたわけではない。

彼女が他人と距離をとっているのは、左腕の火傷《やけど》のせいだ。

見たことはなかったが、彼女には火傷の痕があり、そのために、夏も特注の長袖の制服を着ていたり、水泳の授業を免除されていることは、クラスの誰もが知っていた。火傷は震災のせいで、彼女をからかうと大学教授の母親が学校に飛んでくるということも。

特別扱いをされている彼女は、同性から見ると、お高くとまっているようでおもしろくなかったのだろう。二年生の六月、衣替えが始まった数日後、彼女は同じクラスの女子グループ三人に、相談したいことがあるとかなんとかでプールに呼び出され、制服を着たまま突き落とされた。

部活のためにプールに行くと、女子グループがケータイで何かを撮っていた。僕を見るとそいつらは悪びれた様子もなく、裕太も見てみろと、プールの中に立ちつくしている彼女をおもしろそうに指さした。

そいつら全員の手からケータイを取りあげ、プールの中に放り込んでやった。この世の終わりのような悲鳴をあげた女子グループをその場に残し、彼女をプールから引き上げて、美術部の部室に連れていった。

プールから引き上げようと彼女の手を引いたとき、制服の袖口が肘まで上がり、左腕に火傷の痕が見えた。想像以上に痛々しく、見てしまったことを申し訳なく思ったけれど、目を逸らしはしなかった。

部室で体操服に着替えた彼女は泣くこともなく、「ありがとう」と僕に言った。

「先生には?」

「言わない。親に報告されるとやっかいだから、絶対に言わないで」

「ホントに大丈夫?」

「大丈夫。ケータイ、沈めてくれたから」

初めて見る、彼女の笑顔だった。

それからは少しずつ会話をするようになり、クリスマス近くになると、二人でプレゼント交換をしようという仲になった。僕が手編みのマフラーが欲しいと言うと、彼女は「そんなに手間のかかるもの？」と露骨にイヤそうな顔をしたけれど引き受けてくれ、僕には絵を描いてほしいと言った。

「裕太の描く繊細な絵が好きだから」

男としては素直に喜びにくい言葉だったけれど、クリスマスに彼女のために絵を描くなんて、かなりかっこいいプレゼントじゃないかと即決した。名前にちなんで雪の絵にするのはどうだろう。うまくいけばキスくらいに持ち込めるんじゃないだろうか。

しかし、彼女は続けて、絵のテーマもリクエストしてきた。

「楽園。南の島の絵がいい。雪なんか絶対に降らないところ」

こちらの考えを見透かされ、先手を打たれたのか。いや、南の島の絵にだってチャンスはある。なんせ、「楽園」だ。

それから半月がかりで絵を描いた。南の島の写真を探し、それを描こうかと思ったけれど、彼女にプレゼントするのに、他人の目を通したものは描きたくなかった。まずは、海。そして、空。ポイントは青色だ。途中、彼女の誕生日があったのに、そっちのプレゼントはいらない、と言われ、全集中力を五号カンバスに注いだ。

そして終業式、クリスマスイブ。

「そんなに大きくないんだ」

包装した絵を受け取りながら、彼女は少しがっかりしたような顔をした。

「いや、時間は同じくらいかけてると思うよ」

編み目は粗いものの、三回巻いてもまだ余裕のあるマフラーを首に巻きつけながらそう言うと、彼女は丁寧に包装紙を開いた。絵が現れても、彼女は何も言わなかった。じっと見つめるだけ。この間をどうすればいいんだ、とそわそわしかけたころ、「行きたいなあ、ここへ」とつぶやき、涙を浮かべた目で「ありがとう」と言ってくれた。

彼女といつから付き合っているのだと訊かれたら、その日を答えることにしている。

絵と同じところがないかと、有名な写真家が撮った南の島の写真集などを捜したけれど、ここだと思えるのはどこにもなかった。

空想の場所が実在するはずがない、とあきらめていた。のだが。

三学期の終わり、最後の家庭科の時間に、担当の松本先生が国際ボランティア隊のときに撮ったというビデオを見ることになった。先生がそんなところに行っていたということも、トンガ王国という国も初めて知った。アフリカかと思ったら、太平洋の真ん中にある小さな島国だった。

高校の授業風景、その後に、ハワイアン調の音楽に合わせて体の大きな女の子たちが民族衣装を着て踊っている映像が映し出された。教会、市場、と映像は切り替わっていく。ぼんやり見ながら、ふと彼女を見ると、画面を食い入るように見つめていた。

松本先生がビデオを一時停止させた。

「ここまでは、私が活動していた、首都ヌクアロファのあるトンガタプ島です。ここからは、お宝映像、本当は誰にも見せたくないけれど、一年間いい子でいてくれたので、特別に見せてあげます。私のホームステイ先だった、ハアパイ諸島の映像です」

画面に現れたのは、青い海、白い砂浜……これは。

「ここに太陽が沈む瞬間、地上は――」

彼女と同時に目が合った。彼女の口がわずかに動く。

ら・く・え・ん。

僕の描いた絵がそのまま映し出されているようだった。

HA'APAI ISLANDS / LIFUKA AND FOA

トンガタプ島の空港が体育館なら、ハアパイ諸島・リフカ島の空港は体育倉庫だった。

わたしたちはタクシーで島の中心部に向かった。タクシーの車体には「甲子園ドライビングスクール」と書いてあり、思いがけない日本の中古車にちょっと嬉しくなる。「あたしの友だち、ここ行ってたわ」と杏子さんもはしゃいでいた。

右手に、白い砂浜のビーチ、左手に、ところどころ小さな村が見える。

「おっそろしいほど何もないとこやな。やっぱ、ババウにしとけばよかった」

上機嫌だった杏子さんは、同じ景色が続くうちに、だんだんぼやきだした。トニーさんは何が楽しいのかニコニコと笑っている。

タクシードライバーのトンガ人のおじさんが、わたしに英語とトンガ語をミックスしたような言葉で話しかけてくる。トンガ語の発音はローマ字読みで、おじさんの英語もローマ字発音で、とても聞き取りやすい。文法のいい加減さもわたしと同レベルで、気負わずに会話ができる。

おじさんはわたしに簡単なトンガ語を教えてくれた。Siapani（シアパニ）は日本人、Alu ki fē?（アル・キ・フェ？）はどこ行くの？　とか。

これを街中と呼んでいいのか？　と思うような場所を少し通り過ぎ、「アンジェラゲストハウス」に到着した。

エントランスを抜けたところに小さなカウンターがあり、トンガ人の女の子が座っていた。杏子さんとトニーさんがひそひそと英語で話しながら、手続きをしている。花恋ちゃんと一緒に長椅子に座って待っていると、杏子さんが鍵を一つ持ってきた。

「はい、マリエの部屋の鍵。花恋もそっちで寝させてもろて、ええかな？」

最初からそのつもりだったのだ。黙って鍵を受け取った。

「あ、ここの宿泊代、三〇ね」

ショルダーバッグから五〇パアンガ入れておいた財布を取り出し、三〇パアンガを杏子さんに渡す。

「マリエ、行きたいとこあるんやったら、もう、自由行動にしよ。ここ、レンタサイクルもやってるんやって」

「じゃあ……」

急いで部屋に旅行バッグを置きに行き、ショルダーバッグだけ持って、カウンターに鍵を預け、自転車を借りる手続きをした。

花恋ちゃんを押しつけられたら、大変だ。

サドルがいまいち固定されていない自転車で、幹線道路に出た。リフカ島の大きな道路はこれ一本。さて、どっちに行こう？　タクシーの中から見えた、白い砂浜を思い出した。

来た道を引き返してみようと、北に向かった。

幹線道路といっても、舗装はされていない。タイヤがでこぼこに引っかかるごとに、サドルが下がっていく。ところどころ脇道を見つけると、そちらに曲がってみるものの、目的の場所はなかなか見つからない。

つきあたったところが民家ということも何度かあったけれど、トンガ人は不審者であるわたしに親しげに手を振り、挨拶をしてくれた。少しテレながら、わたしも「マロエレレイ」と返してみる。

あっという間に、リフカ島の端まで来る。隣りの島は目の前で、満潮になったら沈んでしまいそうな海の上の道があった。そこを渡り、さらにまっすぐ進んでいく。

お腹《なか》がすいた。

トンガタプ島でもそうだったけれど、道路沿いに点々と、駅の売店のような小さな小屋がある。コンビニっぽい。自転車を止め、小屋の前に立った。カウンターの上に食料品や飲み物が並んでいて、奥の棚にトイレットペーパーなどの日用品が並んでいる。

小屋の中にいるトンガ人のおばさんに、「マロエレレイ」と挨拶をして、厚手のクラッカーのようなものを指さした。「マーパクパク」とおばさんは言った。ビニール袋に二〇枚入って、六〇セント。セント？　どうやら、いちいちパアンガと言わなくても、ドルで通用するみたいだ。

缶コーラも指さした。日本で売っているのと同じだ。これは一パアンガ。おばさんは奥の冷蔵庫から冷たいのを出してくれた。

島の名前を訊くと、「フォア」だと教えてくれた。コミュニケーションがとれていることが嬉しい。

一気にフォア島の端まで自転車をこいだ。サドルは一番下まで下がっている。最初からこうしておけばよかったのかもしれない。島の先端はとてもきれいなビーチだけど、楽園ではなかった。誰もいない砂浜に座って、コーラを飲み、マーパクパクを三枚食べた。意外とおいしい。ジャム、いや、ピーナッツバターを載せるともっとおいしいはずだ。

目の前には海が広がっている。青いなんてひと言では表せない、いろんな青が混ざり合った色。裕太はあの色をどうやって作ったんだろう。それにしても、太平洋のど真ん中に一人きり。ここでも充分楽園だ。

頭のてっぺんが熱い。帽子くらい持ってくればよかった。太陽はちょうど真上、沈むのはまだ先……ところで、日が沈むのはどっちだっけ？

ものすごいバカだ。


来た道を、ひたすら自転車をこいで引き返した。やっと、リフカ島だ。

海の道を振り返るわたしを、一台のトラックが追い越していき、停まった。荷台に人が乗っている。運転席の窓から、ちょっといかついトンガ人のおじさんが顔をのぞかせた。

「Alu ki fē?」

わたしに向かって言っている。確か、どこへ行くの？　という意味だ。

「アンジェラゲストハウス」

じりじりと後ずさりしながら答えた。

「Pick up?」

はあ？　ポカン顔を返すと、おじさんはトラックの荷台を指さした。荷台には、おじさんの家族なのか、トンガ人女性と子どもたち四人が乗っていて、みんな、わたしに笑いかけ、手を振ってくれている。

どうしよう、疲れたし、荷台なら大丈夫かな。いざとなったら飛び降りればいい。

「……イエス、プリーズ」

そう答えると、おじさんはエンジンを止めて降りてきた。わたしから自転車を受け取ると、荷台に軽々と持ち上げる。ぼうっと立っていると、同じように持ち上げられそうな気がして、自力で荷台に上がった。ござのようなものが敷いてある。

子どもたちがおばさんにひっつき、お客様状態で向かい合うと、トラックは出発した。


ほんの数メートル高さが変わるだけなのに、風が心地よい。

おばさんは「シオシ」と名乗った。

おじさんはテビタ、男の子は一四歳のシオネと一二歳のヘマ、女の子は一〇歳のアセナと六歳のアナルペ。子どもたちに関しては、年まで教えてくれた。

おじさんとおばさんはいくつなのだろう。意外と若そうだ。

「What is your name?」

シオシさん、外国人は呼び捨ての方が似合いそうだな、シオシの英語の発音はとてもきれいだ。だから、かえって聞き取りにくく、簡単な質問なのに、眉間にしわを寄せてしまう。

「マリエ」

「Malie? Sai! Good name!」

シオシは嬉しそうに名前を褒めてくれた。リの部分は、Rではなく、Lの発音になっている。日本語の発音と一緒だ。どうしていい名前なのか訊いてみようと、頭の中で英文を組み立てていると、別の質問をされた。

「Are you Japanese?」

「イエス」

子どもたちが、シアパニ、シアパニ、シアパニリエコ、とはしゃぎだす。

リエコ？　松本理恵子先生のことだろうか。まさか、まさか。

「Do you know Rieko?」

シオネが気取った様子で訊いてくる。かなりきれいな発音が、少し癪《しゃく》に障《さわ》る。

あのねシオネくん、日本にリエコは、数え切れないくらいいるんだよ。トンガの人口は一〇万人。それくらいなら、ばったり知り合いに会う確率も高いだろうけど、日本ではなかなかそんなことは起こらない。

「Home-eco teacher.」

シオネはゆっくりとそう言った後に、Understand?　などとわたしの顔をのぞきこんできた。

これくらい解るっての！　ただ、家庭科の先生というのは、本当に松本先生っぽい。くやしいけれど。

「メイビー、アイ、ノウ」

「Mo’oni?」

シオシが嬉しそうにトンガ語で何か言った。

「She comes to Ha’apai with you?」

ヘマに訊かれる。これはトンガ人の英語のもう一つの特徴で、普通の文の語尾を上げるだけで疑問形にすることがある。日本人のわたしにとってはいいかんじだ。

「ノー」

ハアパイどころか、トンガにも来ていない。それどころか、今どこにいるのかも知らない。子どもたちやシオシが、がっかりした顔をする。

アセナはわたしに向かって、トンガ語で何か必死にしゃべっている。人なつっこい笑顔がかわいい。ところどころリエコと言ってるから、きっと、松本先生のことを知りたいんだろうな。

トラックが街中付近にさしかかる。シオシが少し大きめの脇道を指さし、「Our house.」と言った。この先は確か、学校のような建物があったはずだ。

「Tevita is the principal. Please come to our house.」

シオシは笑顔でそう言ってくれた。

「サンキュー」でも、社交辞令みたいなものかな？

トラックは脇道には逸れず、そのまま街中へと向かい、「アンジェラゲストハウス」の前で停まった。テビタが自転車を下ろしてくれる。わたしが荷台から降りると、トラックはUターンした。わざわざわたしを送ってくれたのだ。

「サンキュー！」

大きな声でそう言って、手を振ると、「Alu a e!」とシオシや子どもたちが大きく手を振り返してくれた。トラックは来た道を引き返していく。

アル・ア・エ、というのは、さよなら、という意味っぽい。それより、ありがとう、は何て言うのだろう。

ゲストハウスのエントランスから中を覗いてみたけれど、人の気配はなかった。

杏子さんたちはどこへ行ったのだろう？　腕時計を見る。午後四時前、日はまだ高い。

自転車に乗り、西に向かって走り始める。今からだともしかして、海に沈む太陽が見られるかもしれない。そう思うと、疲れもふっとんだ。なのに……西の端も楽園ではなかった。

街の中心部は島の西寄りだったようで、半時間もしないうちに到着できた。

道が途切れ、椰子の木林が広がっていて、ここだ！　と思ったのにがっかりだ。確かにきれいなビーチだけど、向こうの方に島が見えていて、それが位置的に沈む太陽にかぶってしまいそうだ。

ハアパイ、諸島というのがくせ者なんだよな。

向こうに見える、あの島なんだろうか。でも、フォア島のように海の道もないし、船やボートも見当たらない。潮が引いたところで距離的につながりそうな気配もないし、無人島かもしれない。

日の入りを待つまでもなく、がっくりと肩を落としてゲストハウスに戻っていった。

ゲストハウスに到着すると、受付にいた女の子がエントランスの掃き掃除をしていた。わたしより少し年下だろうか。少しだけぽっちゃりして、胸も大きくて、この体型で食い止めておけばいいのに。

「Sai eva?」

女の子は笑顔でそう言ったけれど、どういう意味なのかわからない。わたしは疲れてへろへろの手を差し出して「キー」と言った。彼女は「うん？」といったように首をかしげる。

「Little girl is sleeping.」

はあ？　今度はわたしが首をかしげた。小さい女の子が寝ています？　花恋ちゃん！　嫌な予感が込み上げて、急いで部屋に向かった。

ドアに鍵はかかっていなかった。クイーンサイズのベッドの端で、花恋ちゃんが寝ている。わたしが思い切り、バン！　とドアを開けたせいか、花恋ちゃんはもそもそと寝返りを打ち、起き上がった。

「おねえちゃん、おかえり」

眠そうな目をこすりながら、花恋ちゃんが言った。

「起こしてごめんね。ママは？」

「ママ、がいじんさんと、どっかいってん」

「どっかって、どこに？」

「わからへん。おねえちゃんとまっといて、ってママにいわれたもん」

「そっか」

子どもを置き去りにして、どこへ行ってるのだろう。もう夕方なのに。あれ？

わたし、ちゃんと閉めなかったっけ？　ベッドの下に押し込んでいたバッグが少し手前に出ていて、ファスナーが五センチほど開いているのが見えた。あわてて引き出し、中を確認する。

「財布！」

バッグの底に入れていたしょぼい財布がない。全財産が入っていたのに。

部屋を飛び出すと、花恋ちゃん、ちゃんなんていらない！　花恋もついてきた。トンガ人の女の子はまだ掃除をしている。勢い余って、彼女にすがりついた。

「ドゥー、ユー、ノウ、ウェア、イズ、ハー、マザー？」

女の子は驚いた様子で「ウエ」と言いながら、わたしの後ろに立っている花恋を見た。

「Her mother? I don't know her mother, but Japanese woman went to Vava'u with her boyfriend.」

「ババウ？　どういうこと、それ」

女の子は困った顔をしている。今どういう状況で、何をすればいいのか、さっぱりわからず、とりあえず、花恋の手を引き部屋に戻った。

サイドテーブルの上に、プーさん模様の小さなリュックが置いてある。中を開けると、花恋の着替えが三日分入っていた。まったくの確信犯じゃないか。三日待てば帰ってくるのだろうか。

でも、花恋の服は昨日と同じだ。

「おねえちゃん、かれん、のどかわいた」

途方に暮れるわたしを、花恋が見上げる。

「お金ないから、何も買えないよ」

「だって、のど、からからなのに……。お水でいいからちょうだい」

花恋がメソメソし始めた。水道水をそのまま飲まない方がいいことは、尚美さんから聞いている。

「あんたのママに頼めば？」

意地悪く言って、目をそらす。花恋が声をあげて泣きだした。

「泣かないで！　子どもは置き去りにする、財布は持っていく、リュックの中は着替えだけ、わたしにどうしろっていうの？　なんで、あんたもついて行かなかったの？」

五歳児相手だということはわかっていても、言わずにはいられなかった。

「だって、ママ、かれんのこと、きらいやもん。かれんなんかおらんかったらええのにって、いつもいうてるもん」

しゃくり上げながら、花恋が言った。わたしもこんなふうに泣いたことがある。

——なんで、あんたなの！

あれは、この子と同じ歳だったのだ。

「ごめん、一番困ってるのは、花恋だよね。お水、買いに行こっか」

とりあえず、明日の朝食分までの支払いはすんでいる。無一文というわけでもない。トンガタプ島までの飛行機代はないけれど、尚美さんに電話をすれば、どうにかなるかもしれない。

「ごめんなさい、おねえちゃん」

花恋は「ごめんなさい」を繰り返す。五歳の子どもに謝らせるとは、なんて情けないんだろう。子どもは、そんな必死に謝る必要はないんだよ。頭をなでてやろうと手を伸ばすと、花恋は一瞬、身構えた。

「花恋、ママはときどき、どっか行っちゃうの？」誤魔化しながら、手を戻す。

「うん。でも、かれん、おるすばんできるよ」

勝手に出て行っては、花恋はお留守番できてえらいわねー、なんて言っているのかもしれない。うちの母が杏子さんを見たら、思い切り軽蔑するはずだ。ダメ親の一例として、本に書くかもしれない。

でも、わたしの中では、母と杏子さんがだぶってしまう。


白い壁に青いラインの入ったコンクリート製の建物、窓から中を覗くと、木製の長い机と、背もたれのない四角い椅子が並んでいた。黒板もある。学校の教室だ。一番端は事務室なのか、デスクトップ型のパソコンが一台、隣にタイプライターが二台置いてある。その奥に、電話が見える！

裏手にまわると、同じ配色の木造の建物があった。

家はここなのだろうか。甘ったるいココナッツミルクの香りが漂っているけれど、人の気配はない。街中どこにも、人の気配がなかった。

ゲストハウスのオーナーは白人のおじいさんで、電話を貸してほしいと言うと、無線しかないと言われた。わたしの発音が余程悪いのか、「テレフォン」という単語すら、五回繰り返さなければ伝わらず、事情を話して、あと数日ここに置いて欲しいと頼むのをあきらめた。

本当に来るなんてあつかましい、と思われないだろうか。ためらいながらドアをノックすると、後ろからトラックの音がして、停まった。

「Malie!」

男の子が荷台から飛び降りてくる。ヘマだ。昨日はTシャツと短パン姿だったのに、今日は襟の付いたシャツを着て、巻きスカートのようなものをはき、腰にござのようなものを巻いている。全員降りてきた。テビタもシオネも同じような格好をしている。シオシや女の子たちは、膝丈のきれいな柄付きのワンピースの下に、くるぶしまでの黒い巻きスカートをはき、腰にはすだれのようなものを巻いている。トンガの民族衣装で、ござはタオバラ、すだれはキエキエ、こういうことは予習済みだ。

「We went to the church.」

わたしの語学力のなさは昨日のうちに見抜かれていたのか、シオシが短い文でゆっくりと言ってくれた。今日は日曜日だということに、ようやく気付く。安息日だ。

シオシは「どうして来たの？」などと訊ねることなく、約束していた客のように、大きな腕でわたしの肩を抱き、花恋と一緒に、家の中に招き入れてくれた。

広いダイニングルームの壁にたくさんの写真が飾られている。その中に、

「松本先生！」

思わず、指さしてしまった。やはり、リエコは松本先生のことだったのか。

「She is our family.」

シオシが嬉しそうに言った。


教会から帰ったあとは、朝から仕込んでいたごちそうを食べるらしい。

庭に出ると、こんもりと盛った土の上で乾燥した椰子の葉が燃えていた。たき火の匂いにココナッツミルクの匂いが混ざり、南の島の匂いが漂いはじめる。

普段着に着替えた男の子たちがスコップで火を消して、土を掘り起こすと、花恋の背丈より大きなバナナの葉が現れた。それをめくると、大きなイモとアルミホイルに包まれた料理が並べられていた。トンガの伝統料理「ウム」だ。イモはタロイモ、アルミホイルに包まれた料理はループル、尚美さんの部屋で食べたのと同じものだった。

テーブルに運び、全員が席につくと、テビタが祈り始めた。みな、両手を組んで、目を閉じている。わたしも花恋をちょいちょいとつつき、同じように倣《なら》った。

できたてのループルは甘くて、しょっぱくて、南の島の味がした。裕太はココナッツミルクが苦手だけど、これなら、いや、ここで食べたらいけるかもしれない。花恋はおかわりをして食べている。

食事が落ち着いてきたころ、シオシに電話を貸して欲しいと頼み、これまでのことをつたない英語で説明した。

杏子さんが花恋を置き去りにして、ババウ島に行ってしまったこと。わたしの財布が盗まれたこと。トンガタプ島にいる尚美さんと連絡を取りたいと思っていること。そして、杏子さんが来るまで、多分三日ほど、ここに泊まらせてほしいということ。

「Sai pe ia.」

シオシはそう言って、学校の事務室に案内してくれた。花恋は置いていく。

緊張しながら電話をかけると、受話器の向こうから尚美さんの流暢《りゅうちょう》な英語が聞こえ、プツンと気持ちがゆるんだ。「尚美さん、どうしよう」とシオシに時間をかけて説明したのと同じことを、日本語で一気にまくしたてた。

『それは、ひどい』

「杏子さん、帰ってくると思います？」

『ババウ島の宿泊施設を片っ端からあたってみるから。それでも見つからなかったら、空港に問い合わせて、来たら足止めしてもらう。今日は飛行機飛んでいないから、ババウにいることは確かよ』

トンガじゃ、悪いことできないな。

『どこから電話をしているの？』

「松本先生の知り合いの、テビタさんが校長先生をしている学校です」

シオシに学校名と電話番号を訊ねて伝えた。

『よかった。世間は狭くて。言葉、通じてる？』

「なんとか。それより尚美さん、トンガ語でありがとうって何ていうんですか？」

受話器を置いて、シオシに言う。

「マーロー・アウピト」

マーローが「ありがとう」で、アウピトが「どうも」とか「とても」だ。


家に戻ると、花恋と二人、リビングの隣りの大きなベッドがある部屋に連れていかれた。昼寝をしろ、とお休みポーズをとってシオシが言う。

昨晩早く寝たせいか、全然眠くない。花恋も「ねるの?」と目をぱっちりとあけて訊いてくる。散歩にでも出ようかと、そっとドアを開けると、シオシが両手を腰にあてて立っていた。モヘ！とわからない言葉で、肝っ玉母さんふうにお叱りをうけ、あわててドアを閉める。安息日も大変だ。

「花恋、どうやら、ごはんの後はお昼寝って決まってるみたい。仕方ないから、寝よ」

「おねえちゃん、かれん、あしがいたい」

「足? 見せて」

花恋の足元にしゃがみ込む。真っ黒だ。水しか出ないと言われ、昨日はシャワーをあびていない。右足の甲に貼られたプーさんの絆創膏まで黒くなっている。どうして気付いてやらなかったんだろう。絆創膏を剝《は》がすと、傷口がかなり膿《う》んでいた。

「シオシに絆創膏と消毒薬があるかきいてみるね」

花恋を連れて部屋を出ると、リビングのソファで横になっていたシオシが起き上がった。モヘ、とさっきよりもきつく言われたけれど、そうではなくてと花恋の足を見せると、絆創膏を出してきてくれた。消毒薬はないらしい。

タンクにためた雨水で、傷口をきれいに洗い、絆創膏を貼り替えた。

気持ちよく眠りかけたところを、起こされる。午後二時半。

みんなまたきれいな服に着替えていて、わたしにも、これを着ろとワンピースを渡された。教会に行くらしい。松本先生が帰国前に置いて帰ったものらしく、サイズはぴったりだった。長袖なのがありがたい。花恋もアナルペのひらひらしたワンピースをわたされた。二人で着替えると、シオシがキエキエを巻いてくれた。

一日二回も教会に行くのかと、感心しながらシオシに言うと、三回だと言われた。朝の五時、一〇時、昼の三時の三回。この家族が特別なのではなく、みんなそうらしい。

花恋の手を引いて、トラックの荷台に乗り込んだ。足はもう、大丈夫なようだ。

ひと言でクリスチャンといっても、それぞれ宗派がある。わたしでも知っているのはカソリックとモルモン。でも、この一家はウェズリアン。初めて聞いた宗派だけど、王族一家も同じ宗派らしい。

そんな説明をシオシから受けているうちに、海辺の教会に到着した。

この島にこんなにいたのか、と驚くくらいたくさんのトンガ人が集まっていた。正装で片手には聖書と賛美歌集を持っている。

わたしたちとすれ違うトンガ人が「Siapani?」と訊いてくる。

「Io, Malie moe Kalen.」

シオシが答えると、みんな、わたしを見てニッコリ笑った。

「Sai hingoa e.」

意味がわからない。「Good name.」シオネがやれやれといったふうに通訳してくれる。いい名前。どうして？　と訊いてみようとしたら、鐘が鳴り始めた。

午後三時。わたしたちは最前列の長椅子に並んで座った。テビタは祭壇横の特別席に座っている。

鐘が鳴り終わると、トンガ人の牧師が祭壇前にあらわれた。みんな、立ち上がる。わたしと花恋も遅れて立ち上がった。牧師がトンガ語で何か言うと、みんな、賛美歌集を開いた。シオシが開いた状態の賛美歌集を、わたしに貸してくれる。トンガ語だ。

指揮者もオルガンもないのに、みんな、せーので合わせたように賛美歌を歌い始めた。パート別に分かれて座っているわけでもないのに、何重にもきれいにハモっている。

こんな声、どこから出るのだろう。歌を聴きながら、賛美歌集を目で追った。ローマ字読みをすればいいので、少しテンポ遅れで口ずさむことができる。何度も出てくる「sisu」はジーザスのことだろう。意味もわからず歌っているのに、なんだかとても心地いい。

賛美歌がおわり、みんなが座ると、テビタが祭壇脇の演台に立ち、トンガ語で演説を始めた。意味はさっぱりわからない。聖書を読んでいるわけではないので、文字を追うこともできない。ぼんやりと外の音に耳をかたむけると、波の音が聞こえてきた。

「Malie.」

はっと室内に意識を戻す。「マリエ」と聞こえた。テビタの演説が盛り上がっていくにつれ、至る所から、「マリエ」と合いの手を入れるような声が上がり出す。そっと周りを見たけれど、誰もわたしのことなど見ていない。

松本先生が見せてくれたビデオからも同じ声が聞こえた。「マリエ」という言葉、裕太の描いた絵にそっくりな場所、楽園は存在する。わたしはこの声に導かれて、ここまで来たのだ。


帰り道のトラックの荷台で、シオシに訊いた。

「ワット、イズ、マリエ、イン、トンガン？」

「Excellent. Very good. Great.」

シオシは満面に笑みをたたえて教えてくれた。素敵、とてもいい、すごい。この国で「マリエ」は、そんな意味を持つんだ。見慣れてきたハアパイの景色も、荷台に乗るシオシやその家族もすべてがとても愛おしい。

マリエでいたい。マリエとして生きていきたい。毬絵として……。


深夜、花恋の声で目が覚めた。

「いたい、いたいよ。……ママ」

起き上がって、電気を点《つ》ける。花恋の額に脂汗が浮いている。足を見ると、右足の甲がパンパンに膨れあがり、絆創膏の隙間から膿が流れ出ていた。

「花恋、しっかりして」

花恋はうわごとのように、「いたい」と「ママ」を繰り返している。

「シオシ！」

わたしは部屋を飛び出した。

トラックの荷台には、わたしと、花恋を抱きかかえているシオシ。外灯のない、真っ暗な道を進んでいく。

「花恋、がんばれ。もうすぐ病院だから」

ぶるぶる震え始めた花恋の手を握り、必死で呼びかけ続けた。

トラックはフォア島近くの、細い脇道の前で停まった。運転席から降りてきたテビタがシオシから花恋を受け取り、脇道に入っていく。真っ暗で何も見えない道を、転びそうになりながらついて行った。テビタとシオシは夜道とは思えない足取りで、先に進んでいる。ようやく目が慣れた頃、コンクリートの小さな平屋の建物が見えた。

中は真っ暗だ。シオシが「ベッツ、ベッツ」と声を上げながら、ドアを叩く。

「花恋、着いたからね、大丈夫だからね」

声を出していないと、ひるんでしまいそうだった。

室内の明かりが灯り、ドアから白人のおじいさんが顔を覗かせた。こんなせっぱ詰まったときなのに、サンタクロースに似ているな、と思ってしまった。

医者はドイツ人で、ベッツというのは彼の名前だった。

花恋は診療室に連れて行かれた。わたしも一緒に入りたかったけれど、あとから出てきたエマと呼ばれる白人の看護師に断られた。シオシとテビタと一緒に、診療室の前にある長椅子に座ってドアを見つめている。それしかできない。オペレーション、と言っていたけれど、手術をするのだろうか。

シオシがテビタにトンガ語で何か話し、わたしの方を向いた。

「Malie, tau lotu. Let's pray e.」

シオシは胸の前で両手を組んだ。お祈りだ。わたしが手を組むと、テビタがトンガ語でお祈りを始めた。何を言っているのかさっぱりわからないけれど、やたらと「シースー」が出てくる。

――ジーザス。

祈ってどうなる。天の神様が何をしてくれる。花恋はママを呼んでいるんだ。自分を置き去りにして白人男とどこかに行ってしまうような、最低の母親を呼んでいるんだ。あのダメ人間は何をしてるんだ。

そんなヤツ、初めから母親なんかにならなきゃいい！


一度だけ、たった一度だけ、母の前で言ったことがある。

「わたし、地震のときのことも、その前のことも、全部憶えてるんだよ」

母はやさしく言った。

「双子だものね。毬絵ちゃんが亡くなった後、雪絵ちゃんが、毬絵ちゃんの記憶を自分のことのように感じるのも、お母さん、理解できるわ。でもね、毬絵ちゃんはもういないの。雪絵ちゃんは、雪絵ちゃんなのよ。だから、雪絵ちゃんらしく生きて」

その晩、わたしは一人で泣いた。声をあげてわんわん泣いたけれど、何も変わりはしなかった。

それ以来、楽園の絵を見るまで、一度も泣いたことはなかった。

シオシがわたしの肩を抱く。

「Sai pe. Sai pe ia.」この言葉が、耳元で呪文のように繰り返される。大丈夫、大丈夫だよ、と言うように。なぜだか、シオシが泣いていた。

診療室から、ベッツが出てきた。

「Don't worry. She might be fine.」

ベッツはわたしに向かい、ゆっくりとそう言ってくれた。

「サンキュー」深く頭を下げた。

呼吸も落ち着き、安らかな寝息をたてて眠っている花恋は、そのまま診療室の隣にある個室に移された。今度は、エマに「ここにいてあげて」というようなことを言われ、わたしだけ残ることになった。

「マーロー」テビタとシオシにも、深く深く頭を下げた。

「Sai pe ia.」

二人はそう言って、帰っていった。

花恋が目を覚ましたとき寂しくないように一晩中起きていよう、と思っていたのに、無理だったようだ。頭の奥の方で、ドアをノックする音が響き、自分が寝ていたことに気が付いた。

「シオシ？」

ぼうっとしたまま、椅子に座ってベッドに突っ伏していたからだを起こし、振り向く。

「おはよう」

裕太だ。寝ぼけているのかと目を擦《こす》ってみたけれど、目の前にはやはり、裕太がいる。

「なんで？」

「うそをついて姿を消されると、捜さんわけにはいかんだろ」

「ごめん」

「大変だったな」

怒っているのかと思ったら、裕太は少し笑って、わたしの頭にポンと手を乗せ、ぐしゃぐしゃとかき回した。かき回しすぎ。まったく怒っていないわけではなさそうだ。

「この子が花恋ちゃん？　こんなに小さな子だったのか」

裕太がベッドで寝ている花恋を見た。夜中の出来事が嘘のように、すやすやと眠っている。

「尚美さんから伝言。母親、連絡とれたって」

「ホント？」

「午前の便だから、もうすぐ空港に着くはずだ」

今さらどの面《つら》さげてくるつもりだ、と腹が立つ。同時に「ママ」と呼び続けていた花恋を思い出す。

「花恋、ママ、来るって」起こさないように、小さな声でつぶやいた。

「よくがんばったな」

「ううん、わたしは何もしていない。八つ当たりしたくらい。がんばったのは花恋だよ」

よく、がんばったね。ゆっくりと、花恋の頭をなでた。

「そうだ、腹減ってないか？　空港の売店でマーパクパクってのを買ってきたんだ。へんな名前だなって店員に訊いたら、こっちの言葉でマーがパン、パクパクが揚げるって意味だってさ」

「裕太って、英語しゃべれたっけ？　修学旅行のときはいい勝負だと思ったけど」

「俺は、あのビデオを見て以来、ずっと英会話の勉強をしていたんだ。トンガ語も日常会話くらいならいける」

「そっか、ごめん」

もう一度謝って、マーパクパクの袋を開けた。ピーナッツバターも買ってある。

もそもそと食べながら五枚目に手を伸ばしたところで、ドアが開いた。杏子さんが駆け込んでくる。

「花恋は？」と詰め寄ってくる。

わたしの監督不行届を責めるような態度にむかつく。

「寝てるから、大きな声出さないで」

杏子さんはベッドで眠っている花恋を見て、深くため息をついた。

「尚美さんが朝っぱらからホテルに電話かけてきて、花恋が病院に運ばれたって言うからあわてて来たのに、なんや、元気そうやん。大袈裟な」

ナンダ、コイツ？　そう思ったのと、どちらが早かったのかわからない。杏子さんを、思い切りひっぱたいていた。

「何すんねん！」

悲鳴をあげる杏子さんとわたしのあいだに裕太が割って入る。

「花恋ちゃんは、破傷風になりかかってたんです。病院に連れて来るのがもう少し遅かったら、手遅れになってたかもしれない」

「破傷風？」

杏子さんが裕太に訊き返す。

「傷口からばい菌が入ってかかる、命にかかわる病気。知らないんですか？」

裕太はあきれたようにそう言ったけれど、わたしも破傷風なんて名前を聞いたことがあるくらいで、どんな病気か知らなかった。あんな小さな傷から、そんな大変なことになるなんて、想像もしていなかった。

「小さい傷くらい、子どもなら当たり前なのに、なんで花恋だけ、そんなんになるん？　昨日、トンガ人の家に泊まったって聞いたけど、この子が、そんなところに連れていったからちゃうの？」

裕太が立ちふさがっていなければ、わたしはこのバカ女を、今度は拳《こぶし》で殴っていたと思う。

「日本人の子どもは滅多に破傷風にかかりません。ちゃんと小さいときに予防接種を受けてるから。医者が言ってたけど、花恋ちゃん、予防接種、受けてないんじゃないですか？」

「三種混合とかいう、何べんも打たなあかんぶんやろか。なんや注射もいろいろあって、ようわからへんからなあ。保健所から問診票送ってきた思たら、今度は、中止や、任意になったや言うてくるし。打ち忘れとるのもあるかもしれへんな」

「なに無責任なこと言ってんだよ。子どもがこんなことになったのは、あんたのせいだろ。置き去りにしといて、よくそんな態度がとれるな」

落ち着いていた裕太の口調が、だんだんときつくなる。

「なんで、おたくに怒られなあかんの？　あたしのことなんか、何も知らへんくせに」

杏子さんもひるまない。

「あんたの事情なんか、どうでもいい。親の責任を放棄したことには変わりないだろ」

「責任、責任って。こっちは大学やめてまで子ども産んだのに、紙切れ一枚とちょびっとの慰謝料で全部押しつけられて、責任放棄したんは、この子の父親の方やわ」

「全部、ひとのせい、か」

裕太があきれたようにため息をつく。

「うるさい！　だいたい五歳の子どもなんか、かわいがろうが、ほっておこうが、どうせ憶えてないやんか」

憶えてない、やんか？

——ごめんなさいね、雪絵ちゃん。あの時、もっと早くあなたを助け出していたら、こんな火傷を負わずに済んだのに。ごめんなさいね。お母さんはずっと、雪絵ちゃんの味方だから……。

もう一回、ひっぱたいていた。不意打ちの攻撃に、裕太も、たたかれた杏子さんも、呆然とわたしを見ている。

「どうせ憶えてない？　五歳児の記憶力をみくびんな。全部、全部、憶えてるんだから！」

子どものときのことを憶えていない、と平気な顔をして言う人は、普通に楽しく過ごしていたからだ。憶えてない、イコール、幸せ、だ。

「そりゃ、マリエには悪いことしたって思てるよ。まさか、トニーが財布盗んでたなんて気付かんかったし」

「そんなこと言ってるんじゃない」

「じゃあ、二回もたたくほど、何を怒ってるん？」

「杏子さん、地震や火事に遭っても、花恋置いて逃げるでしょ」

「そういう例えは、好きちゃうな」

「誤魔化さないで。子どもより自分の方が大切な人は、子どもなんて産まないでよ！」

「そんなん言われても、出来たもんはしゃあないし、人殺しは、あかん」

わたしがこんなにも気持ちを抑えきれずにいるのに、なんでこの人は、こうも淡々と答えるんだろう。

「でも、やっぱ、マリエには申し訳ないことした思うわ。ごめんな。それと、花恋を助けてくれて、ありがとう」

「……そんな」

謝られても、お礼を言われても、納得などできない。でも、これ以上責められない。なんだか、卑怯だ。どうすればいい？　と裕太を見た。

「一度、ここを出ようか」

そう言って、裕太は花恋を見た。

「こんなに大騒ぎしてるのに熟睡って、余程、体に負担がかかってたんだろうな。明日の便でトンガタプ島に戻って、バイオラ病院って大きなところでもう一度検査してもらうことになってるから、ゆっくり休ませてやろう」

「でも……」杏子さんを見る。

「いくら何でも、もう置き去りにはしないだろ」

裕太が杏子さんに向き直る。

「空港まで、尚美さんと病院で働いているボランティア隊の人が来てくれることになってるんで、安心して、今日はここにいてください」

「そんな手配まで……。ありがとう」

杏子さんは素直にお礼を言った。

「そういうことだから」

裕太はわたしにそう言うと、ベッドの脇に置いてあるわたしのショルダーバッグを片手で持ち上げた。「重っ」と持ち直して、肩にかける。

「待って、大事なこと忘れてた」

杏子さんはブランドもののバッグの中から、しょぼい財布を取り出した。

「本当にごめんな。中、確認して」

財布を受け取り、開けてみる。

「大丈夫、お金、減ってない」

「よかった。トニーもちょっと魔が差しただけやと思うから、許したって」

わざとらしく両手を合わせる杏子さんは、もとの杏子さんで、花恋のことが少し心配になった。

「花恋が起きたら、謝って。絶対に。調子よく誤魔化したりしないで。そうしなきゃ、杏子さんを警察に訴える」

「……わかった、約束する」

「花恋、一晩中、ママって呼んでた」

「そっか、健気《けなげ》やな。ごめんな、花恋」

杏子さんは花恋の頭をゆっくりとなでた。心なしか、花恋が笑ったような気がする。わたしと裕太はそっと病室を出ていった。


わたしと裕太に、シオシはミルクティーを入れてくれた。砂糖は少なくとも五杯は入っているはずだ。テビタと子どもたちは学校に行っている。

裕太は土産だと言って、日本から持ってきたカレールーを五箱渡し、わりと流暢な英語で自己紹介を始めた。それから、松本先生が近々結婚するという報告をして、シオシを踊り出すくらい喜ばせた。ものすごく悔しい。

シオシに「今日はあなたもここに泊まるか」と訊かれ、裕太は「ちょっと待って」とわたしを見た。

「疲れてる？」

「ううん、平気」

そう答えると、シオシに何やら訊ねだした。自転車がとか、市場がとか、トンガ人っぽい名前とか、悔しいを通り越して、だんだんかっこよく見えてくる。

裕太はミルクティーを飲み干すと、「よし」と気合いをいれて立ち上がり、わたしに振り向いた。

「じゃあ、行こうか」

「どこに？」

裕太はニッと笑って、片手を差し出してくる。

「楽園に！」

隣の島まで捜しても見つけることができなかった場所に、今日きたばかりの裕太がどうやって連れていってくれるのだろう。とは思うものの、カップを持っていない方の手を、差し出された手に乗せてみた。

「絵は？」

「旅行バッグの中」

「……。あれより大事なあのバッグの中身は何だ」ショルダーバッグを顎《あご》でさす。

「秘密」

そう言うと、「仕方ねえな」と裕太はわたしの手を引いた。


シオシに借りた自転車に二人乗りし、西の端に到着した。裕太が自転車をチェーンで椰子の木に固定している。

「わたし、ここまで来たけど」

裕太は人差し指をたて、チッチッと振った。こいつはときどき、こういうおっさんぽい仕草をする。

「この先に行くんだ」向こうに見えている小さな島を指さした。

「どうやって？　何もないのに。まさか、泳いでなんて言わないよね」

「Sai pe ia!」

「それどういう意味？」

「大丈夫！　楽園には神様のお使いが連れてってくれるんだよ」

「何それ。天使が馬車にでも乗って、お迎えにくるの？」

「まあ、そんなかんじだ」

裕太は太陽を見上げ、そして、海を見た。空は快晴。太陽は真上よりやや東。海は引き潮だ。

「そろそろだな」

裕太が言ったと同時に、椰子の木林からがさがさという音が聞こえ、トンガ人の男の人が二人、馬に乗ってあらわれた。双子だ。

彼らが神様のお使い？　天使？　それにしてはずいぶんといかつい。

裕太は二人の方へ駆け寄ると、何やら話し、リュックからカレーの箱を取り出して、彼らに一つずつ渡した。二人が大喜びしながら馬から降りる。裕太がわたしを手招きした。

「交渉成立。彼らはビリアミとケプロニ。向こうに見える島、ウォレバ島に住んでて、毎日、漁でとれた魚をリフカ島の市場に届けてるんだ。今から帰るところだから、一緒に連れていってもらう」

「どうやって？」

訊きながらも、つぶらな瞳とはすでに目が合っていた。

「もちろん馬で」

わたしたちの会話の意味がわかっているのかどうか、双子は得意げに胸を張って笑った。

わたしは二人に「マロエレレイ」と挨拶した。トンガ語で「名前は？」と訊かれる。どうしよう、裕太の前では答えられない。トンガ語がわからないことにしようか……。

「マリエ」

裕太が答えた。わたしの方は見ずに、「じゃあ、よろしく」といったかんじで、双子と握手をかわした。

UOLEVA or PARADISE

ビリアミのうしろに裕太、ケプロニのうしろにわたし、馬にまたがり、海を渡った。双子も松本先生のことを知っているらしく、裕太から近々結婚するという話を聞くと、何度も大袈裟にショックを受けたそぶりをし、わたしはそのたびに海に振り落とされそうになってしまった。

海を渡りきり、海岸沿いにある小さな家の前で馬から降りた。双子の家らしい。二人のお母さんも出てきて、「今夜はうちに泊まって」と言ってくれた。それも予定通りなのか、裕太はおばさんにもカレーを三箱渡した。

お昼ご飯にみんなで蒸したパンの実を食べたあと、わたしと裕太は三人に見送られ、家の裏手にある椰子の木林に入っていった。

「どうしてこんなこと知ってるの？　それより、どうしてわたしがトンガに来たってわかったの？」

「絵がなかったから。トンガに行ったんじゃないかと思って、トンガタプ島の宿に電話で確認することにした。英語がいまいちなおまえなら、きっと、日本人が経営しているところを選ぶんじゃないかって『ナオミズゲストハウス』にかけたら大当たり、とはいかなかった。まさかの偽名だ。でも、名字は一緒だし、多分おまえだろうって、俺もトンガに行くことにした。かなり懐《ふところ》は痛んだけど、仕方ない。来週の誕生日プレゼントはないと思ってくれ。で、行くとなったら目指すところはただ一つ、そこに確実に辿りつくにはどうしたらいいか。松本先生に訊けばいい。カレーも含めて、全部先生の指示通りだ」

「先生の連絡先は？」

「ビデオを見たあと、俺は先生にメルアドを訊いた。いつか行くと思ってたから、一緒にな。でも、まさか、絵だけ描かせて一人で行くか？　正直、めちゃくちゃショックを受けた」

「でも、約束とかしてないよね」

「とどめを刺すな」

裕太が足を止める。

「ここをまっすぐだ」

脇にそれる細い小道を指さした。波の音が聞こえる。

「一緒に行かないの？」

「マリエなんていう知らないヤツと一緒に行く理由はない」

「三〇分。――三〇分経ったら、本当のわたしに戻るから」

カンバスを裕太に預け、小道に向かって駆け出した。

波の音に導かれながら、ただひたすら走り続けた。椰子の木林が途切れる。目の前には――。


真っ白い砂浜。色とりどりの貝殻。

椰子の木、マンゴーの木、パパイアの木。

一点の濁りもない、青い空。

太陽の光がきらめく、世界中の青を映し出した海。


裕太の描いた楽園と同じ景色が、どこまでも限りなく広がっている。

裸足になり、砂浜に一歩足を踏み出した。足の裏から太陽の熱さが伝わる。ショルダーバッグをおろし、膝丈のジーンズをまくり、そして、長袖のシャツを脱いだ。キャミソールを着た左肩から手首にかけて、赤くまだらにふくれあがった皮膚が現れる。どうしてこんな火傷を負ったのか――。

そんなことは、どうでもいい！

海に向かってダッシュした。ザブザブとどこまでも透明な水の中に入っていく。腰までつかっても、足元の色とりどりの貝殻はくっきりと見える。これじゃ、宝探しにならないじゃないか。

風がわたしを包み込み、わたしは空を仰いだ。

砂を踏みしめながら一歩ずつ足を進め、海水のしょっぱさが目にしみる高さまできたところで、思い切り足を蹴り、透明な水の中に全身を沈めた。

きらきらと光る海面を見上げると……裕太？

脇を抱えて海面まで引き上げられ、そのまま浜辺まで連れて行かれる。中途半端に抱きかかえられ、息継ぎもできず、しこたま海水を飲んだ。

「なにやってんだ！」

げほげほとむせている頭上から、怒鳴り声がふってきた。

「こんなバカなことするために、ここまで来たのか？　死ぬくらい辛《つら》いこと抱えてんなら、俺に言えよ」

怒鳴り声は、涙声に変わった。違う、裕太、それは違う。ひりひりする喉から声をふりしぼる。

「裕太、わたし、泳げる」

「……はあ？」

裕太はその場にへたり込んだ。脱力しきった肩で大きく息をして、漂流者のようによろよろと砂浜を上がると、大きなマンゴーの木陰にバタンと倒れる。ミネラルウォーターのペットボトルを差し出すと、わたしの方など見向きもせずにごくごくと音をたてて飲み干した。

水泳の時間はいつも見学していたわたしを、泳げないと思い込んでいても仕方ない。泳げない人間がざぶざぶと海の中に向かっていけば、不穏なことを考えていると疑われてもおかしくはない。でも。

「三〇分、経った？」

「そんなに待てっか。かなり無理してかっこつけたら、ホントに一人で行きやがって。五分へこんで追いかけたら、海の中に耳までつかってはいさいなら、だ。おまえなんか、もう知らない、今度こそ勝手にしろ」

裕太はそう言って、背を向けた。ゴメンと思う、指先で背中にそう書いてみようかとも思う。でも、本当に三〇分待ってほしかった。まだ、ここにきた目的は果たせていない。さっき別れたところまで戻ってくれとも言えないし……いや、これは裕太に話せということなのかもしれない。終わらせたら、聞いてもらおう。

立ち上がり、裕太の絵と同じアングルで見渡せる場所を探した。ちょうど小道を抜けたところにある椰子の木、この下がちょうどいい。乾燥した堅い椰子の皮を拾い、スコップ代わりにして穴を掘る。嵐がきても波にさらわれないように、深く深く掘らなければならない。

醜い腕を砂だらけにしながら掘っていると、裕太がやってきて、無言のまま、一緒に穴を掘り出した。裕太の腕の長さと同じ深さになったところで、掘るのをやめる。もう充分だ。

ショルダーバッグから、旅のあいだずっと持っていたものを取り出す。

「そんなもん、持ち歩いてたのか」

だんまりを決め込んでいたはずの裕太が声をあげた。

「重かったけど、楽園がいつ見つかっても大丈夫なように」

「そういう意味じゃない。それ、墓石だろ。どこから持ってきたんだ？」

「神戸にある、うちのお墓」

「やばいだろ……毬絵、五歳、って。おまえの偽名もマリエだし、誰だよ」

「わたし。偽名じゃない、本当の名前」

お地蔵様の彫られた小さな墓石を、ゆっくりと穴の中へと入れた。腕に貼り付いた白い砂は、醜い火傷の痕をきれいに隠してくれている。けれど、わたしはその砂を払い落とした。


五歳の誕生日をひと月後に控えた一一月、わたしは母と二人で家にいた。

その日の夕飯は天ぷらで、油を使っているあいだ、台所へは立ち入り禁止だった。ちゃんといいつけを守って、居間でテレビを見ていると電話が鳴った。電話は両親の寝室に親機、居間に子機が置かれていた。

「お母さん、電話だよ」

わたしは台所に向かって何度も呼びかけたけど、母は「ちょっと待って」と言うばかりで、こちらにくる気配はなかった。インフルエンザで入院している妹の病院からかもしれないのに。わたしは自分で電話をとった。

お母さん、って電話の向こうから泣き声が聞こえた。大変だ、ってわたしは母のところに電話を持っていった。

「お母さん、雪絵ちゃんからだよ、泣いてるよ」

母は「仕方ないわね」と言って振り向いた。その瞬間、天ぷら鍋が傾いて、電話を差し出したわたしの腕に、ぐつぐつと煮立った油が流れ込んだ。ショックでその後の記憶はほとんどなく、ただ、母の悲鳴が聞こえたことだけ憶えてる。

その日を境に、母はわたしから目をそらすようになった。

そのふた月後、神戸の祖父母の家に行った。普通ならお正月に行くのだろうけど、両親の仕事の関係で、わが家はいつも成人の日の祝日前後に里帰りをしていた。小学校に上がると休めなくなるからと、その年は少し長めに滞在することになった。わたしたちは祖父母が大好きで、泊まりに行くと、いつも一階の祖父母の部屋で四人並んで一緒に寝ていた。父と母は二階の客間で寝ていた。

一七日の明け方は、どういうわけか、完治しきっていない火傷の傷がいつも以上にずきずきと痛み出して、耐えかねたわたしは一人で起きて台所に行き、ビニール袋に入れた氷で痛むところを冷やしていた。

そうしたら急に、ドンと地響きのような大きな音がして、足元がぐらぐらと揺れ始めた。怖くなって勝手口から飛び出した直後に、一階が一瞬で消えた。

揺れが収まっても、怖くて地面にうずくまっていると、数メートルも離れていない隣の家から火柱が上がった。助けて、助けて、と思うのに声が出ず、足も動かなかった。二階の窓から出てきた父と母がわたしを見つけ、駆け寄ってきた。母はわたしを抱きしめたかと思うと、フッと腕の力を抜き、張り裂けんばかりの声で叫んだ。

「なんで、あんたなの！」

そこから一週間くらい、記憶がない。

目が覚めると家のベッドで、わたしは雪絵ちゃんと呼ばれていた。

わたしは毬絵だよ、と何度言っても、ショックで記憶が混同していると、取り合ってもらえなかった。

だってほら、左腕に火傷の痕があるじゃない。

それはね、地震のときの火事のせいなのよ、と母は言った。ごめんね、もっと早く助けてあげられたら、こんなことにはならなかったのに、と泣いた。これからはお母さんが、雪絵を守ってあげるからね、とわたしを抱きしめた。

お母さんのためにも、毬絵と二人分幸せになってくれ、と父はわたしの目を見ずに、何やら中途半端なことを言った。

わたしの記憶が本当におかしくなったのだろうか。でも、火傷を負ったあの日のことは、はっきりと憶えている。わたしが雪絵なら、あの記憶があるはずがない。雪絵は入院して家にはいなかったのだから。

母は完璧主義者だ。地元の短大で児童心理学の教鞭を執る傍《かたわ》ら、育児書を執筆し、講演をおこなう者が、天ぷら油で子どもに火傷を負わせたなどという事実は、あってはならない、封印してしまいたい出来事だったのだ。

その証拠に、わたしが火傷を負ったあと、母はわたしを連れて一度も外出しなかった。二歳から通っていたスイミングスクールをやめさせられ、幼稚園までも行かせてもらえなかった。それなのに震災以降は、どこへ行くときも、わたしを連れていくようになった。

だいたい、あの言葉がすべてを物語っている。わたしが毬絵として最後に聞いた言葉。

——なんで、あんたなの！

助かったのが雪絵なら、母はあんなこと言わなかったはずだから。

「それでも、自分をどうにか納得させようと思ってた。名前が変わっただけで、わたしはわたし。なのに、自分のお墓を見たときに、ああ、毬絵は本当に死んだんだって思った。これからは中身も雪絵にならなきゃ、って」

おとなしくて、おえかきが大好きな雪絵ちゃん。それが、五歳の雪絵だった。そんな子どもは成長したら、どうなるだろう。いつも考えた。

特別扱いなどされたくなくても、母がわたしのために学校に頼んでくれたのだと、夏場も長袖の制服を着て登校し、水泳の授業も見学する。こっちの方がつらい、なんて文句は絶対に言わない。部活動は多分、美術部に入るだろう。

「ずっと、一人でそんなこと抱えてたのか？」

黙って聞いていた裕太が、ポツリと言った。

「今、裕太に打ち明けてる」

「もっと、早く言えよ。俺は役に立たないかもしれないけど、一緒に先生に相談するくらいはできただろ。わりと頼りになる担任だったじゃないか」

「そんなことしたら、うちの親、警察につかまっちゃうよ。嘘の死亡届出しているんだから」

「じゃあ、この先もずっと雪絵でいいのか？」

「そうするために、ここに来たの。裕太、言ったじゃん。二〇歳になったら、濱野雪絵って名前に責任がついてくる、って。でも、責任持てる自信がなくて、怖くなって」

「逃げたのか？」

「ううん、毬絵と別れにきた。お墓を埋めたら、雪絵になれそうな気がしたから。でも、やめた。戸籍上の名前は雪絵でいい。でも、中身は毬絵に戻る。トンガに来てそう思ったの」

「じゃあ、これは？」

「どっちにしても、毬絵の墓なんていらないでしょ。だから、やっぱり埋めることにしたの。親にはちゃんと、雪絵の墓を建ててもらう。雪絵ちゃんのためでもある、って思うのは、雪絵ちゃんに怒られるかな」

どこかで聞いてくれているような気がして、空を見上げた。

「いや、俺が言うのもなんだけど、喜んでくれるんじゃないか？」

裕太も空を見上げ、水平線に目をやった。

「……にしても、随分遠くまできたな。おまえの親も、こんなところに埋められちゃ、取り戻しに来れないだろうし、新しいのを建てざるをえないよな。でも、まさか、おまえのいう楽園が、墓を埋める場所だったとは」

「違う、楽園は毬絵でいられる場所だよ。だからこの国では、マリエって名乗ってたの」

「――で、今はどっちなんだ」

「毬絵」

「病院ではちょっと驚いたけど、あんまり、変わった気がしない」

「裕太といるときは、毬絵だったから、かな。雪絵はお父さんみたいな物静かでまじめな人が合いそうだもん。裕太はうるさすぎ」

美術部に裕太が入ってきたとき、声をかけられて嬉しかったのに、雪絵としての態度をとった。

「それは、雪絵ちゃんに失礼だぞ。双子でライバルになってたかもしれないだろ。――お母さんさ、雪絵ならそう言うと思ったわ、とか、雪絵らしくないわね、とか、そういう言い方してないか？」

「――してる」

「おまえが無理やりなろうとしていた雪絵は、多分、お母さんが思い描いている雪絵だ。いや、雪絵でもない、子育て本に出てくるような、おりこうだけど自分の意志を持たない、つまんない子どもだよ」

裕太と会わなかったら、ここに来ることもなく、毬絵は完全に死んでいたかもしれない。

「一緒に、お墓を埋めてもらって、いい？」

白い砂を両手ですくって、お墓の上にかける。裕太も砂をすくった。

――生き返る。毬絵として、生き返る。

穴を埋め、両手の平で固めると、海に向かって駆け出した。「ワーーー」とからだの奥から声を出し、水しぶきをあげて飛び込む。隣でもう一つ、大きな水しぶきがあがった。

視界一杯に広がる水平線。太陽が赤く燃えながら、そこに沈もうとしている。

懐かしい香りが鼻先をわずかにかすめる。カレーの匂いだ。

「俺たちにとっての楽園も、ビリアミやケプロニにとっては、家の庭みたいなもんなんだろうな」

「彼らにもきっと、いつか行きたいって思い描いているところがあるよ」

それを思い描くために、毎週、教会に行き、祈っているのかもしれない。

「わたしたちも、今いるこの場所が楽園だと、本当に思えるのは、日本での日常生活に戻ってからじゃないかな。楽園、ってそういう場所のことだと思う」

線香花火の最後の瞬間のような、じくじくと燃える太陽が水平線に触れると、空も海もわたしも裕太もすべて同じ色に染まり、楽園の中へ溶け込んだ。

約束

「putu?」

ほぼローマ字読み発音のトンガ語を、意味がわからずオウム返しすると、四〇歳を超えたベテラン同僚のリシは、英語だけどローマ字読みに近い発音で言い直してくれる。それでもわからないときは、外出時にいつも携帯しているポシェットから、和英と英和が一緒になっている小型の辞書を取り出して調べる。

わたしの勤務する日本でいう中高一貫の女子校では、授業は全部英語で行うことになっているため、必須アイテムだ。だからといって、トンガ語をまったく知らなくていいわけではない。

赴任して二ヶ月の頃、担当する家庭科の小テストの最中に、生徒がカンニングしているのを見つけた。机がでこぼこなので下敷きを使ってもいいか、と訊かれて許可を出したのだけど、ふと見ると、それにびっしりとノートを書き写してきていたのだ。しかも、トンガ語で。

トンガの学校は、日本よりも進級の判定が厳しい。一、二歳違いくらいの姉妹の場合、高学年になると姉と妹で学年が逆転しているのもよく見られる。だから、必死なのはわかるけれどカンニングはダメだ。トンガ語がわからないこいつならごまかせる、と二年間、甘く見られても困る。

その場で注意をすると「palaku」とつぶやかれた。意味がわからない、と言っても誰も英訳してくれない。つまり、そういう意味合いなのだ。直接言われたのは初めてだったけれど、彼女たちのおしゃべりの端々にその単語はよく登場していた。

帰宅して、トンガ語・英語の辞書で調べると、「irritate」とあり、それをまたわたしの相棒である辞書で調べると、平仮名たった四文字で「むかつく」とあった。日本の女子高生と同じではないか、と少しほほえましく感じながらも、むかつくのはこっちだ！　とむかつき、トンガ語で「私もむかつきます」という文章を作り、翌日、授業中に早速使ってみた。

言われた生徒はチッと舌打ちでもするかと思いきや、理解したのね、と嬉しそうに言い、日本語では何というのか、と訊ねてきた。大変気分を害しております。そう教えると、たいへんきぶ、くらいまで復唱し、長いと言ってあきらめた。

そうやって、赴任して九ヶ月も経てば、日常会話に困らない程度にはトンガ語も理解できるようになっていたし、英語のボキャブラリーも増えていた。

「funeral」

辞書を出さなくても「お葬式」だとわかる。誰の？　わたしも行くの？　と続けた。前校長が亡くなって、夕方四時に職員全員でその人の家に行くから、あなたもおいで、ということだった。

「服装は？」と訊ねると、「黒い服で」と言われた。

まさか、トンガでお葬式に行くことになるとは思っていなかったので、無地の黒い服は日本から持ってきていない。洋品店でも売っていない。これから布を買ってきて縫う時間もないので、尚美さんに借りにいくことにした。

尚美さんは、わたしが所属する国際ボランティア隊のメンバーではなく、一般のトンガ在住の日本人だ。

　学校は市街地にあるけれど、前校長の家は空港近くらしく、大型トラックの荷台に若いトンガ人の先生たちと乗り込み、日本の会社が作った「一億円道路」というでこぼこのアスファルトの道を通っていった。今夜もここを通らなければならない。

『クリスマスホリデーには、日本から誰か遊びに来たの？』

　隣に座る音楽教師のモアナに訊かれる。彼女はニュージーランドにラグビー留学している恋人が帰ってきて、幸せな時間を過ごしたようだ。黙っていようかと思ったけれど、明日になれば気付かれることだ。噂が広がる前に言っておくことにする。

『夜中の便で、友だちが日本から来るの』

　すかさず男か女かと訊かれ、男だと答えると、トラックの荷台中からヒューと歓声が上がった。「moa」が来るのか、と冷やかされる。「moa」はつき合っている異性に対して使われるトンガ語だけど、正式には「にわとり」という意味なので、「恋人」というよりは「彼氏」というくらいの軽いニュアンスで使われているのではないだろうか。実際のところ、わたしたちはそれより少し重い関係だ。

　トラックの荷台では、わたしの「moa」に関する質問が次々と飛び交った。こういうときはたいがい、名前と職業、そして、誰の子なのか、と父親の名前を訊かれる。

　初めてこれを訊かれたときは、かなりとまどった。

　有名人の子どもであることを期待されているのだろうかと、父親が普通のサラリーマンであることを申し訳なく思いながら、「松本誠司の子だ」と答えると、彼らはそうかそうかと満足そうに頷き、自分の父親の名前も誇らしそうに教えてくれた。当然、こちらは知らない。政治家とかそういった国の要職に就いているのかと思い、職業を訊ねると、大工とか、市場で働いているとか、ごくありがちな職業が返ってくる。

この国の人たちは、家族をとても大切にしていて、自分が今ここにいるのは、自分をこの世に生み出してくれた親がいるからだと感謝しているのだろう。

名前は柏木宗一《かしわぎそういち》、職業は銀行員、父親の名前は……何だっただろう。聞いたような気はするけれど、憶えていない。

たいした答えではないのに、トラックの荷台ではその都度歓声が上がり、とてもお葬式に行く集団のようには思えず、一度も会ったことのない前校長という人に対して、わたしが申し訳ないような気分になってしまった。

数百メートルおきに教会が見える。

トンガは国民の九五パーセント以上が敬虔なクリスチャンだ。

わたしは日本でも、キリスト教の葬儀には参加したことがない。キリスト教といっても様々な宗派があり、わたしの勤務している女子校はウェズリアンという、トンガ王国の中では国王も信仰する一大勢力だけど、ここに来なければ名前を知ることもなかっただろう宗派だ。

おまけに、ここは太平洋の真ん中に浮かぶ、常夏《とこなつ》の島だ。キリスト教といえばクリスマスしか思い浮かばないわたしのイメージとしては、雪の降る静かな教会で厳かに執り行われる、というかんじだけど、きっとそうではないのだろうということは想像できる。

南の島のキリスト教。半年ほど前、こんなことがあった。

わたしは学校の敷地内、女子寮の隣にある職員用の家に住んでいる。白い壁にスクールカラーの青い屋根の小さな平屋という、絵本に出てくるようなかわいい建物だ。

電気は通っているけれどテレビはなく、夜は大概、一人で本を読んだり、授業の準備をしたりと、静かに過ごしているけれど、その日はリシが、女物のパンツの縫い方を教えてほしい、とミシン持参でやってきていた。

トンガ人女性はパンツをはかない。ツペーヌというくるぶしまである腰巻きのようなものを巻いた上から膝丈のワンピースを着るのが一般的な服装だ。トンガ人男性は雨の日が好きだという。なぜなら、でこぼこ道にできた水たまりをよけるため、女の人がツペーヌの裾《すそ》をほんの少しもち上げたとき、ちらりと足を見ることができるから。

そんな、日本にもあったかもしれない古き良き時代が続いているトンガで、リシがなぜパンツを作りたいのかというと、商売のためだ。彼女は学校が休みの土曜日に、浜辺市場に店を出している。

週末の市場には、外国人観光客がよく訪れる。浜辺を歩く女性たちは、おしゃれな模様のゆるいコットンパンツをはいている。それにリシは目を留めた。パンツだけど、丈も長く足のラインもでないし、おまけにラクそうだ。しかし、トンガの洋品店には売っていない。作り方もいまいちわからない。

そんなとき、リシの店をわたしが訪れた。Tシャツとコットンパンツ姿でだ。リシは開口一番、そのパンツは日本から持ってきたのか、と訊ねた。

洋品店で売っていた南の島っぽい模様の布を買って自分で縫ったのだ、と答えると、教えてくれ、とわたしの家で一緒に縫う段取りを決めた。てっきり、リシは自分のを一枚作るのだと思っていたのに、彼女は市場で売る用に大量の布を買ってきたため、わたしたちは深夜をまわってもミシンを動かし続けることになった。

午前一時頃だった。突然、入り口のドアがノックされ、「リシ、リシ」と女の子の切羽つまった声が聞こえた。トンガ人がそうなのか、人間誰もがそうなのか、学校の敷地内での出来事はみなに筒抜けで、寮に住む生徒たちは、わたしの家にリシが来ていることを知っていた。多分、毎晩わたしが何を食べているのかも知っているはずだ。

ドアを開けると、女の子はリシのもとにかけ寄り、息を切らしながら言った。

――リシ、大変！　メレが悪魔に取り憑かれた。

何を言っているのか脳内変換を終えたあとで、はあ？　と首をひねり、イタズラでも仕掛けられているのではないかとあきれ顔でリシを見ると、彼女は、それは大変！　と勢いよく立ち上がった。いつもの三倍速で、服装と髪型を整え、民族衣装であるござのような腰巻き、タオバラのロープをキュッと強く締め直すと、家を飛び出した。

女の子とリシを追って、わたしも女子寮の一室に向かった。リシは部屋の前で足を止め、女の子にココナッツオイルを持って来るようにと指示を出した。女の子が自分の部屋から小瓶を持ってくると、オイルをたっぷりと手のひらに出し、その手をわたしの頬にベタリとこすりつけた。顔や両腕といった、肌の露出している部分にどんどん塗りたくられる。

――悪魔はココナッツオイルの匂いが嫌いなの。

リシはそう言って、自分の顔や腕にもオイルを塗った。様子を見に来ている女の子たちもみな、互いにオイルを塗り合っていた。

そして、いよいよ部屋に入ろうとなったとき、リシは太い腕でわたしを制した。

――リエは入っちゃダメ。クリスチャンじゃないから悪魔に取り憑かれてしまう。悪魔はドアから出て行くから、あなたは窓から見ていなさい。

変換は間違っていないはずだ。わたしはおとなしくリシに従い、廊下に面したルーバー式の窓越しに中の様子を窺った。

ベッドの上に女の子が横たわり、ゼイゼイと短い呼吸を繰り返しながら、小さく震えていた。リシは彼女のからだ全体にオイルを軽くふりかけると、蓋をあけたままの瓶を彼女の枕元に置き――祈り始めた。

リシが祈り続けるのを眺めながらわたしは、苦しんでいる女の子はもしや喘息《ぜんそく》なのではないか、と思った。大学時代の友人、佐紀《さき》ちゃんが同じような症状で苦しんでいるのを見たことがある。こんなところに突っ立ってないで、自転車でひとっ走りして、ドイツ人の医者を呼んでこようか。そう思ったものの、余計なお世話なのかもしれない、とも感じた。この国にはこの国のやり方があるのだ。「喘息」という英単語も知らないし、それに該当するトンガ語があるのかどうかすら怪しかった。

そんなことを考えているうちに、女の子の容態はだんだんと落ち着き、呼吸も安定していった。リシは腕で額の汗を拭い、意気揚々と出てきて言った。

――悪魔は去った！

その晩、リシは女子寮に泊まることになった。一人で家に帰ることになったわたしの手に、リシはココナッツオイルの瓶を握らせた。

——悪魔はまだこの辺りにいるはずだから、お守りにこれを持って行きなさい。ベッドの横に置いておけば大丈夫よ。

お礼を言って受け取り、家に帰ると、言われた通りに寝室のベッドの横に置いた。水シャワーを浴びてもオイルが落ちきっていないのか、瓶のせいなのかわからないくらい、ココナッツオイルの甘い匂いが鼻を突いたけれど、あー疲れた、とベッドに横になってうとうとするうちに、何かに守られているような気分になり、すごいぞ悪魔よけ、などと思いながらぐっすりと眠ることができた。アロマ効果、だろうか。

悪魔よけにココナッツオイルというのは、キリスト教全般ではなく、この国独自、または、南の島独自の風習なのかもしれない。

トラックが停まった。

前校長の家は平屋だけど、トンガの一般的な家としては大きい。家の外では日本のお葬式と同様、近所の人や親戚の人たちが、忙しそうに動き回っていた。

荷台で大騒ぎをしていた同僚たちはみな、家に着いたと同時に神妙な顔になる。トラックから降りると、親戚の人たちに歩み寄り、なぐさめの言葉をかけながら、抱き合って涙を流し合う。それを見ながら、鼻をすすりだす人もいる。

トンガ人は自分の感情をとても素直に表現する。嬉しいときには笑い、悲しいときには泣く。

悲しくなければ泣かない。だから、日本のお葬式のように、故人とそれほど親しくもないのに、その場の空気に合わせるように、わざと悲しそうな顔をする必要もない。前校長に会ったことのないわたしがそんな顔をすると、かえって、トンガ人は不思議に思うはずだ。

尚美さんに聞いたところによると、お葬式のパターンは宗派によって違うし、同じ宗派でもいろいろあるそうだけど、今回は、まずは夕方から自宅で行われ、夜に教会に移動し、朝、お墓に埋葬するらしい。

トンガは土葬で、石ではなく布のお墓を建てる。布の大きさはまちまちだけど、わたしが尚美さんのご主人用に頼まれて作ったのは、縦一メートル、横一・五メートルというもので、作っている最中は大きいなと思っていたけれど、両端に木の棒を入れて、こんもりと盛られた土の上に立て、周りのお墓と比べると、標準的なサイズだということがわかった。

お墓だからといって、日本のお葬式で見られるような、黒と白、菊の花の黄、紫、といった落ち着いた色調のものではない。初めて見たときは、それがお墓だと想像も及ばなかったほど、どれも鮮やかな色が用いられている。

尚美さんのご主人用には、赤いサテン地に紺色のサテンリボンで名前を縫いつけ、その周りに白いレースと余った赤いサテン地で作ったバラの花を飾った。尚美さんの下書きにはバラの花はなかった。尚美さんが以前、ダンナさんはバラの花が好きだったけど、トンガにはバラがないからお墓に飾ってあげられない、と言ってたのを思い出し、作ってみたのだ。

それを見せると尚美さんは、ぜひ付けて欲しい、と言い、できあがったものを眺めながら、今回のが一番いい、と喜んでくれた。布のお墓は半永久的ではない。強い日射《ひざ》しと潮風を受けて、色あせたり破れたりするため、定期的に新しいものと取り替えるのだ。

だから、お墓作りを頼まれても、悲しい気分でそれを引き受けることはなかった。

同僚たちについて玄関に向かうと、先に来ていたリシに呼ばれて、故人と別れの挨拶をするための長い行列の前の方に連れていかれた。わたしなど一番最後でもいいはずなのに、必ずこうしてお客様待遇で接してもらえる。それほど、この国では日本人を大切にしてくれるのだ。

家の中に入る前に、白い造花の大きなリースを持たされた。故人を囲んで座る近親者たちに花や布などの贈り物（お供えだろうか）をいくつか渡すのだけど、その中の一つのようで、ますますわたしでいいのだろうかと不安になり、リシを見ると、自分は布を渡すので同じようにすればいい、と言われた。

故人が寝かされた部屋に入り贈り物を渡す。そして、故人の頬にキスをして部屋を出て行く、という流れのようだ。——キスなどできるだろうか。

欧米人が挨拶代わりにキスをするのは、映画などで知っていたけれど、まさかトンガ人もそうだとは知らず、赴任当初は挨拶に訪れる先々でとまどった。それも「郷に入れば郷に従え」の精神で、一年近く経てば、どうということでもないものになる。

トンガ語でキスは「uma」という。バレンタインのチョコレートに本命と義理があるように、別名がつけば割り切りやすい。これは愛情表現のキスではなく、ご挨拶のウマだ。かわいい名前ではないか。そんなふうに、新学期の始まるこの一月に新しく赴任してきた五人の先生たちとも、チュッ、チュッ、チュッ、と挨拶をしたばかりだ。

でも、死体はどうだろう。ここまできて今さら、文化が違うとか宗教が違うなんて言っていられない。わたしの番がやってきた。娘さんらしき人に花を渡し、遺体の枕元に座る。

大学生のときに住んでいたアパート「スミレ荘」の大家のおばさんに似ている。

ぼんやりと顔を眺めるわたしの耳元でリシが言った。

「uma」

そうだ、これもまたウマなのだ。ゆっくりとかがみ込み、遺体の頬に唇を当てた。

冷たい。この人はもうここにはいないのだ、きっと——。


午前一時。講堂から生徒たちのブラスバンドの演奏が響いている。

トンガのお葬式にブラスバンドはつきもので、教会からお墓まで遺体を運ぶ際に、ブラスバンドのマーチングが行われたりもする。

前校長の遺体は今、教会にある。学校と教会は少し離れているけれど、故人が寂しくないように、一晩中、演奏を続けるのだそうだ。そうと聞かされていなければ、きっと、お祭りをしているのかと勘違いしていただろう。演奏曲は陽気で元気で、目を閉じると、甲子園球場が浮かんできた。

しかし、聴き入っているわけにはいかない。

Tシャツとコットンパンツに着替えると、自転車に乗り、尚美さんの家に向かった。尚美さんは外国人観光客相手のツアーガイドをしたり、ガイドブックを作成したりしながら、ゲストハウス経営の夢を実現させるため、日々奔走している。

半年前まで、尚美さんとは街で会えば挨拶をする程度の間柄だったけれど、一回りも年が違うのに親しく友人づきあいをしてもらえるようになったのは、尚美さんに親戚の結婚式の食事の準備を手伝ってほしいと頼まれたのがきっかけだ。

わたしが家政隊員だから声をかけられたのだけど、おにぎりを二人で何百個と握りながら何となく身の上話をしているうちに、大きな共通点があることがわかり、それ以来、一緒に食事をしたり出かけたりするようになった。

尚美さんの家に着いた。ドアをノックすると、すぐに出てきてくれる。

「すみません、こんな夜中に」

「いいって、いいって。ゲストハウスができたらこれが当たり前になるんだから」

尚美さんはそう言って、バンの助手席にわたしを乗せ、車を発進させた。

空港に行くためにだ。

日本からトンガへの直通便の飛行機はない。フィジー、ニュージーランド、ハワイ、いずれかで乗り換えをしなければならない。そのなかの一つに深夜の二時五〇分着の便がある。何も、そんな時間に着く便に乗らなくても、とは思うのだけど、短い休みを利用して訪れるには、この便が一番効率がよく、他の隊員の家族や友人が日本からくる際も、よくこの便を利用する。

迎えに行くには面倒な時間だけど、初めてトンガにやってくる人に、タクシーに乗って四〇分くらいかけて街まで来てね、とはなかなか言えない。特に夜は、空港及びその周辺はとても一国の玄関口とは思えないほど、真っ暗なのだから。

日中に到着する便なら、一人でタクシーに乗って迎えに行けばいい。日本よりも治安のいい国なので、いかついトンガ人のおじさんやお兄さんの運転するタクシーに乗っても、何の心配もすることはない。名前は？　仕事は？　誰の子ども？　結婚してる？　というおなじみの質問に楽しく答えているうちに空港に到着する。けれど、深夜はやはり心配だ。

誰か男性隊員についてきてもらうか、尚美さんにお願いすることになる。

尚美さんの夢は早く叶《かな》って欲しいと思うけれど、週に一度、深夜便の送迎をしなければならない、と考えるとなかなか大変そうだ。でも、ゲストハウスの経営は、亡くなったダンナさんとの約束なのだから、何の苦にもならないのだろうか。

亡くなった人との約束を破ろうとしているわたしには、よくわからない。

尚美さんに、これから迎えに行く人のことは話してある。

宗一とは大学のテニスサークルで知り合った。

よくありがちな、有名大学の男子と近辺の女子大の女子で構成された、テニスよりは飲み会に力を入れている、お気楽な集まりだった。大学に入って一番にできた友人、佐紀ちゃんに誘われて、テニスなどそれまでの人生で一度も関係なかったのに、田舎から一人でできた身としては、女子大生とはそういうものかと、あまり深く考えずに入ってしまった。

しかし、始めてみるとテニスも悪くなく、サークルのメンバーも気取らない、いい人たちばかりだったので、気が付くと、一番出席率の高い新入生となっていた。

あれは六月、サークルのある日に初めて雨が降ったときだ。

佐紀ちゃんは講義があって、先に一人でクラブハウスに出かけると、わたしが一番乗りだった。

退屈しのぎに何をしようと、室内をぐるっと見まわすと、本棚か物置かよくわからないごちゃごちゃとがらくたが溢れている場所に、ルービックキューブを見つけた。

小学生の頃に流行《はや》ったけれど、わたしの家では買ってもらえなかったあこがれのおもちゃだ。友だちのを借りたことは何度かあっても、いつも一面揃える前に、待つことにしびれをきらせた友だちに、「だから、こうやるの」と取りあげられてしまったため、一度も自力で揃えられたことがなかった。

長年の夢がついに叶うかも。そう思い、トタン屋根を打つ雨音が聞こえなくなるくらい、集中してカタカタくるくると動かし続けた。好きな色は青だけど、パッと見たところ赤が一番揃いやすそうに思え、必死で赤いマスを集めていった。が、あと一つがどうしても揃わない。いっそシールを剝がしてやろうか、などと思いながら、指先の色が変わるくらい強く握りしめていると、ひょいと取りあげられた。

一学年上の先輩、柏木宗一だった。

くるくるっと三回ほど動かして揃った赤い面をこちらに見せると、再びガチャガチャと動かし、一分も経たないうちに六面揃えてこちらに差し出した。心の底から感心し、わたしは手を叩きながら何度も「すごい」を繰り返した。「天才」とも言ったはずだ。

一度「すごい」スイッチが入ると、他のすごいところも目についてくるもので、彼はテニスもサークル内で一、二を争うくらい上手《うま》かったし、酒の席での日本経済論も、わたしにはよくわからない言葉をたくさん使いながら、とてもかしこそうなことを言っていた。

そうやって「すごい」探しをしているうちに、映画に誘われ、外国人アーティストのライブに誘われ、サークルがある日には彼のマンションに泊まるようになっていた。

わたしでいいのだろうかという不安が六割、「すごい」人に好きになってもらえた幸せが四割、始まりはそんなかんじだった。


「お葬式、どうだった？」

ハンドルを握る尚美さんに訊かれた。

「死体にキスしました」

「初めてだし、ぜんぜん会ったことない人でしょ。気持ち悪かったんじゃない？」

「それが、順番がまわってくるまでは、イヤだなって、予防接種の注射を受けるときみたいな、逃げ出したい気分だったんですけど、いざしてみると、それほどイヤな気分にはなりませんでした。多分、冷たかったからだと思うんですけど、人というより陶器とかそういう物に触れたような感じです」

「そうか、入れ物だよね」

尚美さんが前方を見ながら、つぶやくように言った。同意は受けたものの、亡くなった人を物にたとえてしまったことに少し罪悪感を覚える。

「あと、ブラスバンドにびっくりしました。講堂で一晩中演奏するなんて、生徒たちも大変じゃないですか。それに、けっこう明るい曲なのも意外です」

「死者を悲しませないように。明るく天国に送り出す、って感じかな」

「ホントに。元気に行進しながら空へ登っていけそうです。そうか……」

「何？」

「前に、リシと話したことがあるんです」

リシと二人でいると、初めは食べ物についてなど関係ない話をしているのに、最終的にはいつもキリスト教の話題になる。

一一月に行われた、年に一度の学校バザーの前日も、学校の家庭科室でリシと二人、生徒たちが刺繍《ししゅう》をしたテーブルクロスのふちにレース編みをしていた。

トンガ人はのんびりしている。トンガンタイムという、時計の針とは別の、ゆっくりと時を刻む針が、島のどこかに存在しているのではないかと思う。バス停で午前九時のバスを待っているのに、一〇時前になってもこない。腕時計を見ながらイライラしているのは、わたしだけ。隣に並ぶトンガ人のおばさんに「バス、遅いですね」と愚痴をもらすと、おばさんはニコニコ笑いながら答えた。

九時のバスでしょ？　午前中に来ればいいわ。

そうはいっても行事はたんまりとある。学校関係、教会関係、冠婚葬祭、仕出し屋などもないので、食事の準備もみな自分たちでしなければならない。夕方からのパーティーにビーフカレーを一〇〇人分作ってほしいと頼まれたことがある。他のごちそうもあっての一〇〇人分だから、一人で作れない量ではない。

朝、エプロンをして作業小屋に向かい、材料はどこ？　と訊ねると、「今、準備しているから、もう少し待って」と言われた。小屋の裏に行くと、まさに牛の解体中だった。どこのパーツが欲しい？　などとおじさんたちにニヤニヤ笑いながら訊かれる。

パーティーは今日じゃないの？　とあきれたけれど、トンガ人たちだって、この牛を使ってもっと手のかかる料理を作らなければならないし、メインの豚の丸焼きだって準備しなければならない。が、勝負はここからなのだ。

逆算してギリギリのところまでのんびり過ごして、もう限界だというところからものすごいスピードで動き出す。トンガ人が走るのだ。怖ろしい速さで手を動かすのだ。子どもたちを使いまくるのだ。

小学生の頃の夏休みの宿題のようだった。わたしは毎日少しずつがんばれる子ではなかった。海水浴に行き、昼寝をし、花火をし、気が付けば四〇日もある休みは両手で数えられるくらいになっている。そこで初めて宿題があったことを思い出し、残った日数で割って、必死で片付けていき、九月一日に全部揃えて提出していた。

だから、トンガ人のやり方がわからないわけではない。それどころか、慣れてしまえば自分もまた、トンガ人ペースで仕事をするようになっていた。

夜中の家庭科室でかぎ針を必死に動かす。わたしはレース編みはそれほど得意ではないので、おしゃべりをしている余裕はない。ほとんどリシだけが口を動かしている状態になる。

あるとき、二人の漁師が船で漁に出ているときに嵐に遭い、命からがら無人島に漂着した。夜になっても嵐はおさまらなかった。一人は助けを求めるため、火を燃やし続けた。一人は一晩中、神様に祈り続けた。

——その後、二人はどうなったと思う？

わたしからしてみれば、助けを求める行動をとった方が正しいと思うのだけど、リシがこういう話をするときには、きまって信心深い行動をとった方がよい結果に導かれるのは、だいたい予想できていた。

――祈った方が助かった？

と答えると、リシは「そうだ」と満足そうに頷いた。教育成果がでたことを喜んでいるのだ。そして、二人の漁師の結末を話した。

翌朝、嵐は過ぎ去り、晴天のもと、救助の船がやってきた。祈り続けた漁師は無傷で助かり、火を燃やし続けた漁師は命は助かったものの、火の粉を目に受けたせいで、失明してしまった。

火を燃やし続けていたから救助の船が来たのではないのか、とは訊かない。

続けてリシは、日本では遺体を焼くと聞いたがそれは本当なのか、と訊ねてきた。当たり前のように、そうだ、と答えると、リシは眉をひそめて「ウエ」と声をあげた。

オイアウエ、というアイウエオを並び替えたトンガ語は、あらまあ、やれやれ、よっこらせ、などいろいろな意味を持つ、口癖のような言葉で、略して「ウエ」とも使われる。

リシはちょっとした野蛮人を見るような目つきでわたしを見たけれど、文化の違いなのだからと、不愉快な気分にはならなかった。わたしだって鳥葬の話を初めて聞いたときは同じ表情をしたはずだ。

ただ、申し訳ないなと思うのは、そうする理由を答えられないところだ。先祖の墓が寺にあるため、宗教を訊かれると仏教だと答えているけれど、自分が仏教徒である自覚はない。宗派が何であるのかも、万が一そういうことを訊かれることに備えて、出発前に新幹線のホームで父親に訊ねたくらいだ。父親の答えも「多分、浄土真宗」で、誰によるどんな教えなのかなどは、今もさっぱりわからない。

わかっているのは今自分が死んだら、実家の近所の寺の住職にお経をあげてもらい、そこにあるお墓に骨を入れてもらうということだけ。しかし、リシはどうして燃やすのか、理由を知りたがった。

——煙になって天に昇るんだよ。

焼き場の煙を見ながら思ったことを、そのままリシに伝えると、彼女は、なるほど、と感心したように何度も頷いた。そして、次の質問をする。

——日本では毎週日曜日に寺に通うのか。

——Ikai.

いいえ。この国の人のように毎週日曜日、しかも一日三回も通ったりしない。これにもリシは眉をひそめたので、正月と盆とお彼岸にお参りをしていることをあわてて付け加えた。すると、リシはこんなことを言った。

——そんなに回数が少なくて、死んだ後、天国に行って、仏教におけるイエス様の立場にある人と、きちんとお話ができるのか。

何を言っているのだろう。イエス様にあたる人がお釈迦様なのか仏陀なのかも、わたしにはわからないし、死後の世界があるのだとしても、そういう人とお話をするということなど、想像したこともなかった。

お話をするとしたら、閻魔様くらいだ。日本語でも答えられない質問に、英語やトンガ語で答えられるはずがなく、わたしは別の質問で返した。

――なぜ、毎週教会に通っているの？

郷に入れば郷に従えの精神で、わたしも毎週日曜日に教会に通っていた。トンガ語で賛美歌を歌い、半分以上理解できない神父様の説教に耳を傾けながら、わたしは亡くなった人のことを考えていた。一人は、霊となってこの世に戻ってくることができても、わたしのところになど立ち寄ってもくれないだろう人なのに、「ごめんなさい、ごめんなさい」といつも祈っていた。

教会にいるすべての人が、亡くなった大切な人を悼《いた》むために、ここに集まっているのだと思い込んでいた。それなのに、

――死後に、イエス様ときちんとお話ができるよう練習をするためよ。

リシはそんなことを言ったのだ。自分の死後のために、教会に通う。

――亡くなった家族や友人のために祈っているのではないの？

確認するように訊いてみた。すると、リシもまた質問で返してきた。

――リエコ、あなたは死を悲しいことだと思っているの？

リシは普段、わたしのことを「リエ」と呼ぶ。けれど、真面目な話をするときは「リエコ」と呼んだ。わたしは当然だというように、深く頷いた。

――死は悲しいことではない。

リシはゆっくり静かにそう言ったけれど、わたしは頷くことができなかった。そんなわけないではないか。文化や宗教は違えど、死が悲しくない人などいるはずがない。そんな国があるはずがない。納得できない気持ちはそのまま表情に出ていたのだろう。リシは少し困った顔をした。

もともとリシはそれほど英語が得意ではない。授業は原則英語でとは決まっているけれど、リシの授業は八割方トンガ語だ。トンガ語でなら流暢にできる説明を、頭の中で必死に英語に置き換えているのかもしれない。それをまたわたしが日本語に脳内変換するのだから、一〇人以上経た伝言ゲームくらいに、正しい教えからはそれているかもしれないけれど、わたしはリシの言葉をこんなふうに聞き取った。

悲しいのは別れであって、死ではない。むしろ、生きていることが試練であって、私たちは毎週日曜日に教会に通い、イエス様のお声を聞かせてもらう練習をしたり、同じ世界に住むのにふさわしい人間になるために日々、鍛錬を積まなければならない。つまり、死とはイエス様と同じ世界に住むことが許されたという証《あか》しで、喜ばしいことなのだ。

だから、死は悲しむべきことではない。親しい人との別れは悲しいけれど、祈りをかかさずにいれば、いずれまた同じ世界に住み、話したり笑い合ったりすることができるようになるのだから。

花模様の刺繍の上に雫が落ちた。なんだろうこれは、としばらく眺めるうちに、さらに一滴雫が落ちた。リシが大きくて分厚い手のひらで背中をなでてくれると、雫は涙の筋となって頬を伝い、ようやく自分が泣いていることに気が付いた。

――Sai pe.

大丈夫。リシはそう言って、職員室でお茶を飲もうと誘ってくれた。そろそろお菓子が準備されているはずだ、と。いつもは自分で淹《い》れるのに、うっかりリシに頼んでしまい、小さじ四杯砂糖が入ったミルクティーを飲むことになってしまったけれど、深夜、レース編みと脳内変換で弱り切った脳にはちょうどよかった。

レース編みを再開しながら、頭の中でリシの言葉を繰り返すうちに、わたしの中にはある決意が湧いてきて、バザーを終えたその夜に手紙を書き、バザーで買ったいくつかの民芸品と一緒に日本に送った。


「かなり間違った解釈をしているような気もするんですけど」

最後に言い訳を添える。尚美さんは英語とフランス語とスペイン語の通訳の資格を持っている。授業に使う資料をチェックしてもらったこともあるので、わたしの語学力がどの程度であるのかもわかってくれている。

「いや、そんなことない。限られた単語で会話をしているから、極論っぽいかんじにはなってるけど、外れたところにはいってない。要はそういうことなんだ、ってわたしもちょっと感心しちゃったもん」

「じゃあ、トンガ人は本当に死が悲しくないんですか？　あんなに泣いてたのに」

「悲しむべきものじゃないってことよ」

「だから、あんな明るい曲を演奏するんですね」

生徒たちが演奏していた軽快なマーチが頭の中に流れる。

空港が見えてきた。

駐車場に車を停めて、学校の体育館ほどのターミナルに向かうあいだもマーチは流れ続け、足取りも自然とそれに合ってしまう。すでに入国審査を終えていた宗一には、わたしが意気揚々と自分のもとに向かっているように見えたのかもしれない。

手の届く一歩手前で立ち止まったはずなのに、「会いたかった」という言葉とともに、がばっと抱きしめられた。端から見れば、感動の再会のように見えるだろうし、当然、本人もそのつもりだろう。

日本を離れるときも、空港で同じ状態になった。そのときのわたしは切なそうな顔をしていたはずだけれど、ここではもう、そんな嘘の表情を作るのはやめよう。それでも、なかなかとれない貴重な連休を使い、遠いところまでやってきてくれたことに対するねぎらいの言葉はすぐに出てきた。

「疲れたでしょう。ありがとう」

「今のひと言でふっとんだ」

耳元でそう言われ、「久しぶり」くらいにしておけばよかった、と後悔した。

長い抱擁のあと、尚美さんに宗一を紹介すると、彼は丁寧に挨拶をした。

「婚約者の柏木宗一です。理恵子《りえこ》がいつもお世話になっています。尚美さんのことは手紙によく書いてあるので、初対面のような気がしません。短い滞在期間ですが、どうぞよろしくお願いします」

「へえ、婚約してるんだ」

尚美さんがわたしを見ながら、間の抜けた声をあげた。そこまでは聞いてないよ、と言いたいのだろう。

「あれ、理恵子、言ってないの？」

「いや、そこまでは……」

「何で？」

責めるような口調ではない。宗一は何事においても詳しく説明する。恋人の松本理恵子、親友の滝本祐司《たきもとゆうじ》、サークル仲間の佐紀ちゃん、肩書きをつけるので初対面の人でも彼の対人関係はとてもよくわかるだろう。アメリカ留学をしたのは八九年、高二の夏、といった具合に行動と年はほぼセットになっている。だから、わたしがそうしないことが理解できないのだ。

彼氏はいるの？　と尚美さんに訊かれ、日本にいます、とは答えた。なれそめやいくつかのエピソードも話した。でも、婚約しているんです、と付け加えなくてはならないものだろうか。

「それは……」

「わたしが未亡人だから、気を遣ってくれたんでしょ」

言葉を探していると、尚美さんがそう言った。宗一に向かい、「理恵ちゃんに、亡くなった夫のお墓まで作ってもらったのよ」とも。

「申し訳ございません。そんなことがあったなんて」

宗一は頭を下げて謝った。

「いいのよ、いいのよ」

尚美さんは明るい声でそう言うと、「遅くなるから、行こう」とわたしたちを促して駐車場に向かった。宗一は本当に申し訳なさそうな顔をしている。わたしが尚美さんに婚約のことを言わなかったのは、気を遣ったからではない。それなのに、わたし以外の二人が気まずい思いをしている。

「ごめんなさい」

宗一に謝ると、「気にしなくていいよ」と笑顔で背中をポンと叩かれた。

やはり、わたしのせいということか。


来た道を引き返した車は、そのまま深夜の街中を抜け、海岸通りにあるホテルの前に停まった。デイトラインホテル、世界一、日の出を早く迎える国の一番豪華なホテルだけど、たいした規模ではない。建物は日本の地方都市の駅前にあるくらいの大きさだ。フィジーと同じような気候で、同じくらい海がきれいなのだから、シェラトンなどのリゾートホテルがあってもよさそうなのに、と思うのだけど、トンガには外国資本の会社に対する規制があるため、世界レベルの豪華ホテルは一軒もないのだ。

「理恵ちゃんもここでいいんだよね」

尚美さんが言う。泊まる準備は何もしていない。

「部屋のタイプは？」

宗一に訊ねる。

「このホテルにシングルルームはない」

何の冗談だ、とあきれたように言われる。

「じゃあ、ここで」

尚美さんに答える。

「いいなあ、今日は温かいお風呂に入れるんだ」

尚美さんはそう言って、手を振り、車を発進させた。首都である街のメインストリートなのに外灯はまばらにしか灯ってなく、車はすぐに見えなくなった。

宗一に背を押されてロビーに向かう。チェックインの手続きなど、わたしが通訳をする必要もない。迎えにも行かず、朝、ここを訪れてもよかったのかもしれない。いや、やはりそれは許されないだろう。今日の日付の明け方のあの時刻に合わせて、彼はわたしに会いにやってきたのだから。

たったの二泊。その間にわたしは彼にちゃんと伝えられるだろうか。

婚約を解消してください、と。


宗一は当初、わたしの家に泊まるつもりだった。

年明けに会いに行く。航空券はもうとった。空港から家までの行き方を教えてほしい。そう届いた手紙に、わたしは女子校の敷地内に住んでいるので、男の人は泊められないという決まりになっていると、返事を書いた。校長に確認したわけではない。

デイトラインホテルで食事をしたことはあるけれど、部屋に入るのは初めてだった。南国のリゾートホテルらしく、ソファセットのテーブルの上にはブーゲンビリアの花がガラスの平皿に飾られている。

「やっと、南の島らしいものを見つけた」

そう言って彼は、白い花を手に取り、わたしの右耳にかけた。

「独身」

「え？」

「白い花をさしていたら独身、ピンクの花をさしていたら既婚、だって」

「へえ、そうなんだ。わかりやすくていいかも」

言いながら宗一の視線がわたしの左手で止まった。

「指輪は？」

「あっと、今日はお葬式があったから外してたの。ごめん」

「よりによってこんな日に。大丈夫？　いろいろ思い出したんじゃない？」

宗一はいたわるようにわたしの肩を抱き、ソファに座らせると、自分も隣に座った。本当に心配してくれているのだろう。でも、わざわざこの日に来たのは、わたしにあの日のことを思い出させるためではないのか。

わたしの帰国後すぐに結婚式を挙げられるように、手際《てぎわ》よく着々と進めていた準備を、止めてほしいと書かれた手紙が届いたから、わたしにあの日の約束を思い出させるためにムリをしてここまで来たのではないのか。仕事を終えてすぐに出発したのだろう。

「わたしは大丈夫。それより、飛行機、疲れたでしょ。少し休んだら？　一時間経ったら起こすから」

時計は午前四時を少しまわったところだ。

「いや、起きておくよ」

「じゃあ、お風呂に入ったら？　ここはバスタブもあるし、お湯も出るから。って、それが当たり前か」

「毎晩水シャワーだっていうから、もっと蒸し暑いところを想像してたけど、わりと涼しいし、これで水は辛いんじゃない？」

「これくらいなら平気。でも、もう少し涼しい季節はタライにお湯をはって、そこに入ってた」

「そうか。手紙で想像するのと直接聞くのとじゃ、違うもんなんだな。こっちでのことを、もっと聞かせて」

「だいたい手紙に書いてるからなあ。何がいいだろ……そうだ、先週」

隊員仲間と今いるトンガタプ島から隣のエウア島を訪れる途中、船から鯨が見えたことを話した。が、すぐに寝息が聞こえてきた。背もたれにのけぞるようにぐったりともたれている。眼鏡をかけたままだ。外してテーブルに置く。

誰だろう、この人は。

この人は柏木宗一。大学一年生のときからつきあっているわたしの恋人。何でもできるすごい人。彼のどこに不満があるの、何人もの人から何度も言われたこのセリフ。

不満をすべてぶちまけることができたら、どんなにラクだっただろう。

何でもできる宗一のことを心の底から尊敬していたけれど、一〇〇パーセントではなかった。彼は他人を褒めない。でも、人前で貶《けな》したり、悪口の輪の中にも加わらない。わたしは「すごい」というのが口癖なくらい、いろいろな人に向かって褒め言葉を口にしていた。彼はそれが気に入らなかったようだ。みんなといるときは何も言わないけれど、二人になると不満を口にした。

——あの程度のサーブがすごいわけ？

——英語で道案内できたって、ストレートとライトしか言ってないじゃん。

——ルービックキューブを二面揃えたからって自慢できる神経がわからないよ。

どれも、サークル内でのことだ。確かに、必殺サーブとやらをあみだして、その日の午後の試合を全勝で飾った子よりも、宗一の方が速くて正確なサーブを打てる。宗一と試合をしていれば、宗一の方が勝っていたはずだ。飲み会の場所に移動しているときに、道を訊ねてきた外国人も、身振り手振りと単語だけの案内よりも、宗一に訊ねていればもっとわかりやすく説明してもらえていたはずだ。ルービックキューブの二面など、鼻で笑いたい気持ちもわかる。でも、

——いいじゃん、褒めても。

——じゃあさ、俺に対するすごいも、その程度の基準で言われてるってこと？

——そうじゃないよ。宗一は本当にすごいと思ってる。でも、褒める基準を宗一に合わせると、わたしなんて、人生において褒められる回数が片手で数えられるくらいしかなくなるよ。その人個人の普段と比べて上達したなって思えば褒めたいし、困ったときにどうにかでも対処できればやっぱりすごいと思うし、それを口にすればなんだか楽しい雰囲気になるじゃない。だいたい、もったいないよ。

——何が？

器の小ささが、とは言えなかった。

——宗一が何でもできることを、みんな知ってるの。そんなふうにわかってくれてる人と張り合わなくてもいいじゃん。むしろ、わたしにすごいって言われるより、宗一に褒められる方がみんな、嬉しいと思うよ。

滝本さんみたいに、とも言わなかった。

——でも、理恵子が他のヤツを褒めるのはやっぱりイヤだ。

——じゃあ、わたしはすごいを宗一にしか言わないようにするから、かわりに宗一が他の人たちの小さな努力や成功をすごいなって思ってあげて。

——本当に、俺以外の人にすごいって言わない？

——言わない、約束する。

その約束以来、わたしは彼をあまり「すごい」とは思えなくなってしまった。

トンガ語で「すごい」には、「sai」とか「malie」という言葉が用いられる。「malie」は演説や踊り、歌の際に用いられることが多く、日常生活における「よくできたわね」的な意味としては「sai」が用いられる。

トンガに来てから一日一度は「sai」と口にしている。それはやはり心地よい。

約束を守った宗一は、同級生や後輩たちに、徐々にではあるけれど、やさしい言葉をかけるようになった。普通に名前を知っているくらいの会社に就職が決まった先輩にも、すごいですね、などと言っていた。他人と距離をおいた丁寧なものいいにさりげないひと言が加わるようになるにつれ、彼を取り囲む人たちは増えていった。悩み相談を持ちかけられたりするようにもなっていたし、それに合わせて、自分のこともよく話すようになっていた。

宗一がみなに慕われるようになったのは嬉しかったけれど、彼はみなに囲まれているときはわたしを隣に呼ぼうとはしなかった。宗一が言うには、彼はオンとオフで対人スイッチを切りかえているらしく、そのどちらにもわたしがいると、使い分けにくくなってしまうとのことだった。

——別の大学から来てるんだし、他のテニスサークルに移ってみたらどうだろう。学校にないの？　女の子ばっかりの。

二年生の終わり頃には、そんなことを言われてしまった。けれど、二年も経てば、みなそれぞれに自分の所属先で人間関係を作っていて、そこに新たに入っていく自信はなかった。このサークルに誘ってくれた佐紀ちゃんもいるし、佐紀ちゃんは滝本さんのことが好きだから一緒にはやめてくれないだろうし、と理解してもらうことにした。

サークルを替われというのは、別れたいという意思表示なのかとも思い、宗一のマンションで自分から切り出したこともある。

——わたしのことが邪魔なら、困らせるようなことはしないからはっきりとそう言って。

それは大きな失敗だった。宗一は、泣いた。

——俺には理恵子しかいないのにどうしてわかってくれないんだ。他に好きなヤツができたからそう言うんだろう。

詰め寄られ、怖くて声も出せずにいると、やっぱりそうなんだな、とフローリングの床に押し倒されて首に両手をかけられた。

——どうしてだよ、どうしてだよ。

その言葉とともに、指先に込められた力が強くなっていった。わたしは言葉を発することもできず、ただ、見開いた目で、そうじゃないそうじゃない、と訴えることしかできなかった。涙が溢れ、耳の中まで流れこんできて、どうしてだよ、の声までよく聞こえなくなり、もうダメだと目を閉じた瞬間、首にかかっていた圧力がとけた。なぜ、手が離れたのかわからない。宗一の顔を見る余裕などなかった。倒れたまま横を向き、深い呼吸を繰り返した。

——何やってんだ、俺。

力ない声が聞こえた。見上げると、宗一はまだ泣いていた。

——ごめん。苦しかったよな、ごめん。

再び手を伸ばされて、からだを固くしたけれど、手は首ではなく頬にふれ、涙をぬぐわれたあと、頭をゆっくりとなでられた。

——理恵子じゃなきゃダメなんだ。理恵子なしで生きていける自信がない。

自分の何をそこまで求められているのかわからなかったけれど、それまでの人生において、ここまで無条件に求められたことはなかった。自分に向かって伸びている腕に手を添えて、引き寄せ、倒れたまま宗一を抱きしめた。

——疑ってごめん。理恵子があんな言い方をしたのは、俺のせいだ。他のヤツらにとられないように遠ざけていたのに、かえって不安な思いをさせてしまってたんだな。

理解してもらえたことが嬉しくて、怖い思いをしたけれど、それほどに愛されているのだと、彼のすべてを受け入れて、彼のものになろうと決意した。

その後、宗一は周囲にわたしに対する思いをアピールするようになった。大々的にのろけ話をするわけではない。彼女とけんかをしてしまったのだけどどうしよう、とサークル仲間に相談されれば、俺と理恵子の場合は、といかに自分がわたしを大切に思っているかということを添えてから解決法を提案したり、彼女に振られた、と聞かされれば、自分ならもう生きていけないなどと深刻な顔をして言ったり、といったふうにだ。

理恵子さんのどこがそんなにいいんだろ。柏木さんなら、もっと高望みしてもよさそうなのに。ホント、うらやましい。後輩の女の子たちのそんな声もよく聞こえてきた。聞こえるように言われていたのだろう。

電話も毎晩一〇時に必ずかかってくるようになった。今日は佐紀ちゃんのマンションに泊まるからと言うと、佐紀ちゃんのところに電話がかかってきた。それには佐紀ちゃんも若干引いてしまったようだ。

――ちょっと、重くない？

そんなふうに訊かれた。

――ちょっとだけ、ね。

とは答えたものの、かなりまいっていた。一〇時に電話に出られない理由を説明するのも一苦労だった。

――実家から電話がかかってきてたから。うちのお母さん、おしゃべり好きで、もう切るねって言っても、話し終わってくれなくて。

――親なら、一旦切って、あとからかけ直せばいいじゃん。それとも、本当にお母さんだったの？

――本当にお母さんだって。

――じゃあ、どんなこと話したのか言ってみて。

といった具合だ。そんなの愛されてる証拠だよ、と笑いとばされたくて佐紀ちゃんに話すと、佐紀ちゃんは眉をひそめた。

——それ、ヤバイよ。これ以上エスカレートすると酷《ひど》いことされそうじゃん。まあ、柏木さんは暴力をふるったりはしないと思うけど。

首をしめられた、とは言えなかった。

——なんかいい方法ないか、考えてみる。

わたしのことはその言葉で終わり、あとは佐紀ちゃんの悩み相談になった。滝本さんに告白したいけれどどうしたらいいか、ということだった。

滝本さんはサークルの一つ年上の先輩だった。明るくて、楽しくて、とても気の利く人だった。飲み会の席でいまいち場になじめていない子がいると、さりげなく隣に移動して話しかける。宗一と同じくらい何でもできる人なのに、バカ話のエピソードもたくさん持っていて必ず笑わせてくれる。

そもそも、人付き合いがあまり得意でない宗一が、お気楽なテニスサークルに入っているのは、滝本さんに誘われたからだ。宗一と滝本さんは同郷で、同じ高校出身だった。

みんなの笑顔は俺の笑顔。みんなの幸せは俺の幸せ。

それが滝本さんの口癖だった。そんな人なので、てっきり彼女ともうまくいっているのかと思ったら、最近別れたという噂が飛び交った。他の女の子に対しても自分と同様に親切に接することが、彼女には耐えられなかったらしい。

そこで、佐紀ちゃんはこれを機に、何とか滝本さんに思いを伝えようとした。しかし、佐紀ちゃんは自分からどう滝本さんに話しかければいいのかわからなかった。何かきっかけがほしい。この件に関しても「何かいい方法」をその場で思いつくことはできなかった。

しかし数日後、わたしと佐紀ちゃんはおいしいお酒があるからと、滝本さんに誘われて鍋パーティーをすることになった。五月、かなり季節外れだ。佐紀ちゃんにどんな作戦なのかと訊ねても、あとで、と誤魔化されるばかりだった。

集合時間は午後五時、開始の時間は午後七時。宗一の家庭教師のバイトが終わる時間に合わせてだった。四人で鍋パーティーをしませんか、と滝本さんにもちかけておいて、わたしと宗一を早々に撤退させる作戦か。

滝本さんの住むボロアパートの一階の部屋にあがるなり、佐紀ちゃんは、理恵ちゃんのところとどっちが古いだろ、と言いながら部屋を見渡した。

——宗一のマンションと比べられるかと思ったけど、なんだ理恵ちゃん、そんなとこ住んでるの？

——学校紹介の女子学生専用のアパートなんです。

——へえ、親が安心しそうなところだ。佐紀ちゃんは？

——わたしはワンルームマンションです。

——五階建てのむちゃくちゃオシャレなところなんですよ。

——じゃあ、今度遊びに行こうかな。

住居ネタでその場はすぐに盛り上がり、わたしたちはそのまま、鍋の準備に取りかかった。野菜を切ったり、カセットコンロを出したり。その間も、滝本さんはバイト先でのおもしろエピソードを話してくれた。滝本さんは塾の講師のバイトをしていた。とにかくどうにかして進級させてほしいというレベルの子が集まるクラスを選んで受け持っているというのも、滝本さんらしかった。

――俺ね、三〇分かけて電池の話をしたわけ。そのあとで、電池の中には何が入っていますかって質問したの。そうしたらさ、何て返ってきたと思う？　生クリームだよ。俺は三〇分間何をしてきたんだって、がっかりだよ……。

佐紀ちゃんが声をあげて笑った。滝本さんはいかに凹《へこ》んだかを続け、まあ、笑わせてもらったからいいんだけどね、と自分も笑った。が、ふと真顔になった。

――理恵ちゃん、宗一は理恵ちゃんのこと、本当に必要としているんだ。

何でそんなこと？　とキョトンとした顔を返したはずだ。

――佐紀ちゃんから相談されたんだ。理恵ちゃんが宗一に束縛されているのを助けてあげたいって。

佐紀ちゃんを見ると、ごめんと両手を合わされた。

――理恵子のために、どうしていいのかわからなくて。

わたしのために、ではなく、滝本さんと話したい自分のためにのくせに、とは言わなかった。誰も幸せになれないことは言わない。

――大丈夫、宗一には相談のことは言わない。だから、安心して。宗一は、手を上げたりする？

滝本さんが言った。

――いいえ。それに、悩んでるってほどでもないです。毎日電話をかけてくれるのが少ししんどいなってくらいで。それも、そんなに長話をするわけでもないし。

——あいつのこと、好き？

——はい、まあ、それは。

——なら、よかった。電話のことはそれとなく、毎晩はやめといた方がいいって言っておくから、これからもあいつのこと頼むよ。

——頼む、って。わたしは何もしてませんよ。

——すごい、すごい、って褒めてるじゃん。

——そんなこと。

——って思うんなら、理恵ちゃんは子どもの頃から、周りに褒めてくれる大人がちゃんといたってことだ。

滝本さんはそう言って、宗一の家族のことを教えてくれた。

宗一の両親は彼が小学校に上がる前に離婚して、彼は父親に引き取られたらしい。ほどなくして、父親は再婚する。継母は決して悪い人ではなかった。家事全般が得意で、よく世話はしてくれたけれど、どこか距離をおいたところがあり、宗一がかけっこで一番になっても、テストで一〇〇点をとっても、褒めてくれるということはなかった。

——でも、学校で先生や友だちが褒めてくれるでしょ。

——田舎の教師はおかしな平等主義で、できない子の方を褒めるし、子どもは自分のことを見下してるヤツのことなんか褒めないよ。

——ああ……。

宗一のあれはそんな小さな頃から始まっていたのか。

――それにね。

佐紀ちゃんが口を開いた。

――理恵子は自分で気付いてないかもしれないけど、欲しいときに、欲しい言葉をくれるんだよ。なんか、しんどいなって思う一歩手前で、最近疲れてる？　少し休んだ方がいいよ、って言ってくれたりするの、誰でもできることじゃないと思う。普段からちゃんとわたしのこと見てくれてるんだ、って嬉しくなるもん。理恵子の才能だよ。柏木さんだって、サークル入った頃はとっつきにくい人だなって思ったけど、理恵子とつき合うようになってガラッと変わったじゃん。

――俺も本当にそう思う。ホントは俺があいつを変えたいって思ってたんだけどな。褒めりゃ誰でもいいってわけじゃない。あいつの欲しい言葉は理恵ちゃんの口からしか出てこないんだ。だから……。

滝本さんが全部言う前に、わたしは静かに頷いた。宗一が求めているものが何かわかると、毎晩かかってくる電話も苦痛ではないような気がした。彼はわたしを大切にしてくれるだろうし、裏切ったりもしないだろうと思った。

早く七時になって欲しい。バイトを終えてやってきた彼に、まず最初に何と言おうかと思い浮かべるだけで、心の中がぽかぽかと暖まっていくようだった。

ぽかぽか――目を開けると、広いベッドの上だった。外が明るい。

「なんで？」

がばっと起き上り、ベッドサイドの時計を確認した。五時を少しまわったところだ。大丈夫、寝過ごしてはいない。トンガの真夏にあたるこの時期は、日の出が早い。

「座ったまま、寝てたから」

隣から宗一の声が聞こえた。見ると、枕にもたれて座り、伸ばした足の上にノートパソコンを置いて開いている。外してあげたはずの眼鏡もかけている。いったいいつから逆転していたのか。

「ずっと起きたまま、いろんなことを考えてると思ってた。どこから夢になったんだろ」

「どんなことを考えてた？」

「大学生の頃のこと」

「例えば？」

「……季節外れの鍋パーティーとか」

「ああ、滝本のアパートでの。滝本が、佐紀ちゃんが気になるから四人で飯を食うってことにしよう、って集まったんだよな」

宗一にはそういうことになっていたのか。

「それより、もしかして、仕事中だった？」

ノートパソコンを見ながら訊ねた。

「いや。理恵子に見せようと思って準備してたんだけど、なかなか時間がとれないから整理しきれてなくて。これ」

画面をこちらに向けられた。白いウエディングドレスだ。

「これは、どういう……」

「結婚式の準備を止めて欲しいって手紙に書いてきただろ。何でだろうって思ったけど、よくよく考えたら、女の子にとっては準備をしていくのも楽しみの一つなんだよなって気付いたんだ。確かに、職場の関係で式をあげるホテルが決まっているからって、じゃあ、何とかの間に決まりましたとか、料理はこのコースですとか、報告だけされるのって味気ないよな。だから、ドレスとか音楽とか選べるものはデータで一揃《ひとそろ》えもってきたんだ」

　そう言って、宗一は画面に別のドレスを出した。

　結婚式の準備を止めてほしいと書いたのは、こういう意味ではない。

「これなんかいいと思うんだけどな」

　見せられたのが、わりと好きなデザインなのが余計に気を重くする。だけど、この人は無邪気にこんな解釈をするような人ではない。本来の意味がわかったうえで、あえてこう解釈することにしたはずだ。

　察してくれたらいいのに、などと甘いことを考えていたけれど、やはり、きちんと話し合わなければならないのだろう。だけど、もうすぐあの時刻がやってくる。宗一も時計を見た。

「続きはあとで」

　宗一はノートパソコンを閉じると、ベッドから下りて旅行カバンを開けた。細長い箱を取り出してテーブルに置く。滝本さんが好きだった銘柄の日本酒だ。それから、チーズ鱈《たら》。滝本さんはこれをつまみに飲むのが好きだった。「お酒とおつまみのレベルが合ってないじゃないですか」と言うと、「相性のいい悪いにレベルは関係ないの」と笑っていた。

　それから、木箱。切り子細工の赤と青のグラスがひとつずつ入っている。滝本さんと佐紀ちゃんが二人で旅行にでかけたときのお土産に買ってきてくれたものとよく似ている。それよりも細工がこまかくて、かなり高そうだ。

「座って」

言われるままソファに座った。宗一も隣に座る。赤いグラスをわたしの前に、青いグラスを自分の前に置くと、箱から日本酒の瓶を取り出してそれぞれのグラスに注いだ。チーズ鱈もパッケージから取り出す。

計ったようなタイミングでその時刻はやってきた。どちらからともなく、わたしたちは目を閉じた。思い浮かべるのは、あの日あの瞬間の出来事ではなく、最後に会ったあの人の顔と、最後に放ったあの言葉。

ごめんなさい、ごめんなさい、ごめんなさい、あんなことを言ってごめんなさい。

目を開けると、宗一がこちらを見ていた。

「理恵子が今ここにいる意味を、理恵子を生かしてくれた人が託した思いを、これからも二人で捜し続けて、大切に守っていこう」

そう言ってグラスを持ち上げる。わたしも同様に手に取った。乾杯などしない。静かにグラスを口に運び、チーズ鱈を食べ、ゆっくりと飲み続ける。命の恩人から最後に託された願いを思い返しながら。

約束を破ることなどできるはずがない。

瓶が空になれば、宗一と寝て、腕枕をされたまま「ドレスはさっきのにしようかな」などと言うのだろう。「なんだ、宗一にやっぱり全部まかせておけばいいんじゃない」そう言えば、宗一はとても喜んでくれるだろう。

引き出物には切り子のペアグラスを入れる？　いや、こちらが言う前に彼が提案するだろう。わたしも同じこと考えてた……。

これでいいのだ。

昼前にホテルを出て、街で昼食を取り、学校へと向かった。

尚美さんのやっている観光ツアーの半日コースに申し込もうと提案したけれど、わたしが普段生活している場所を見たい、と宗一に言われたからだ。昼食も、普段わたしが食べているところでというリクエストで、安いチャイニーズレストランに案内した。

たった二泊、食事の回数も限られてるのに、と残念がると、夜はいいものを食べに行こう、と言われ、街に一軒だけあるフレンチレストランに予約を入れた。三人分。尚美さんも誘おう、と言い出したのは宗一の方だ。

「ここは何？」

通り沿いにあるオリエンタルな建物の前で宗一が足を止めた。

「バシリカ教会」

「これが教会？　南国の雰囲気とも違う、不思議な建物だな」

そう言いながら宗一は写真を撮り、足を進めた。白と青のスクールカラーの校舎が見えてくる。

「服も着替えたいし、先に家に寄っていい？」

「ああ、もちろん」

学校の門を通り抜け、家に向かった。さすがにもうブラスバンドの演奏はしていない。お葬式も埋葬まで終わったのか、数学教師のタニエラがトラックの荷台からスコップを降ろしていた。

「Rie!」

こちらに気付いてやってくる。

「moa?」

宗一をニヤニヤしながら見ている。

「Io」

そうだと答えると、さらにニヤニヤ度が増した。

「モア？」

宗一がわたしに訊ねる。

「彼氏かって訊かれて、そうだよって。彼は数学教師のタニエラ」

そう紹介すると、宗一はタニエラに英語で挨拶をした。タニエラは「理恵子より英語が上手じゃないか」とトンガ語で言ったあと、自分も宗一に自己紹介をし、いつもの質問を始めた。名前は？　職業は？　そして、誰の子なの？

「え？」

よどみなく質問に答えていた宗一がわたしを見る。

「普通に、お父さんの名前を答えておけば大丈夫」

「でも、それほど有名人じゃないし。経済学の本を二冊出してるけど、そういうことも言い添えた方がいいのかな」

宗一の父親は地方の大学教授で、中途半端に有名な方がこういうときに困るようだ。

「名前だけでいいと思う」

いまいち腑に落ちない様子で宗一が父親の名前を答えると、タニエラは満足そうにうなずき、自分は誰々の息子だと胸を張って紹介した。当然、宗一はその誰々を知らない。

家の中に案内する。ドアを開けてすぐが居間、続けてキッチン、奥に寝室が二つといった間取りで、片方の寝室は物置にしている。

温かいコーヒーを淹れて宗一に出し、その間に寝室で着替えを済ませた。

「バニラコーヒー、けっこういけるでしょ。コーヒー豆と乾燥バニラを一緒に挽いてるんだって。お土産に買ったら？」

言いながら居間に戻ると、宗一は部屋の隅に置いてある書き物机の前に立っていた。何か気になるものでも置いていただろうか。写真立て？

「その写真はハアパイ諸島に住むホストファミリーの一家。手紙に書いたことがあるでしょ。クリスマスとお正月を一緒に過ごしたんだけど、ものすごく親切な人たち」

「へえ……」

気のない返事、写真ではないようだ。

「誰かここによく来てるの？」

背中を向けたまま訊かれる。

「学校の先生とか、隊員仲間とか。ああ、この通り隣は女子寮だから、みんな女の人だけどね。なんで？」

「これ」

振り向いた宗一が、机の端に置いてあるカゴに入れていた、ルービックキューブを差し出した。日本を発《た》つ際、空港で宗一に持たされたものだ。始まりの日を忘れないように、という意味が込められていたのだろう。カバンから出したときは六面きれいに揃っていたのに、彼はそれをぐちゃぐちゃにしてわたしに渡した。崩した理由は訊かなかったけれど、やりながら、難しいなあやっぱりムリだ、と思うたびに、宗一はすごいなあ、と思い出させるためだろう、と解釈した。

「全部揃ってる」

「ああ、それはわたしが自分で揃えたの」

宗一はキューブとわたしを交互に見ると、キューブをカゴに戻した。

「すごい、って言ってくれないの？」

「仕組みがわかれば、誰でもできることだ」

確かにそうだった。バラバラに見えても、それは理屈にかなったバラバラで、答えがみつからないものではない。でも、それなら、その仕組みをわたしにも教えてくれればいいのに、わたしができないことを見届けてから黙って揃え、「すごい、すごい」と言われて喜んでいる。

そんなことで、自分の存在意義にも満たない小さなプライドを確認しなければ、己の人生を成り立たせることができないのか。くだらない。

「そろそろ出よう。生徒たちがこの時間内でできることを、思い切り想像しているはずだから」

「窓のすぐ外から、ひそひそ話が聞こえてるし。なるほど、ここには泊まれない。でも、その前に。指輪は？」

「え？　そっか、そっか、指輪ね」

寝室に行く。小物入れの中に入れていた――ない。居間に戻り、書き物机の引き出しの一段目、ない、二段目も、ない、三段目も、ない。最後に見たのは、いつだったか。

しゃがみこんでいると、肩をたたかれた。振り向くと、目の前に指輪がある。

「もしかして、隠してた？」

「キューブの横で見つけてね。ちゃんと同じところに入れてくれているんだ」

そう言って、宗一はわたしの左手をとり、薬指に指輪を嵌《は》めた。

「まあ、うん……」

カゴにはものさしとコンパスと絆創膏も入っている。特別な場所じゃない。それ以前に、わたしはカゴの中を捜していない。そんなことは当然気付かれているはずだ。

「じゃあ、出ようか」

宗一がわたしから手を離し、立ち上がる。靴をはき、外に出て、わたしは指輪を嵌めた方の手で彼の手をとった。約束を破ることはできないと再認識したのなら、こうした方がいい。

学校は一月二五日から始まる。寮に戻っている生徒たちは、草むしりや窓ふきなど校内の掃除をさせられていて、彼女たちとすれ違うたびに、モア、モア、と冷やかされながら、広い敷地内を一周した。

「思ったより、ちゃんとした学校で驚いた」

宗一はパソコンルームを見て相当驚いていた。ここまで設備の整ったところに、日本が税金を使って支援する必要があるのだろうかと、トンガのＧＮＰの数値を訊かれた。出発前には憶えていたはずなのに、まったく思い出せない。あの頃の気持ちはどこに行ってしまったのだろう。

自分が受けた大きな恩を返したい。そう思って、ボランティア隊に申し込みました。

面接試験でわたしはそう言わなかったか。

学校を出て宗一に、どこに行きたい？　と訊ねると、さっきの教会に行ってみたい、と言われた。バシリカ教会。観光施設ではないので、入場料をとらないし、日中なら誰でも入ることができる。

「外はオリエンタル、中は南国調か」

宗一が天井を見上げながら言った。貝殻が飾ってあるのだ。

祭壇と壁を囲むステンドグラスと貝殻で飾られた天井が一度に見渡せるように、入り口に近い長椅子に並んで座る。

「毎週日曜日にここに来てるの？」

宗一が訊ねる。

「ううん。ここはカソリックだから別のところ。学校のある通りにいかにも教会っていう建物があったでしょ？」

「そういえばあったような」

こちらのインパクトにはかなわないのだろう。

「でも、尚美さんはカソリック教徒だから、何かイベントがあって誘われた日はこっちに来てる」

「いいの？　そんなことして」

「もともとクリスチャンじゃないもん。どっちの教会に行こうと、逆にどこの教会にも行かなくても、文句は言われないと思う」

「でも、毎週通ってるんだ」

「一日三回はきついから、一〇時からのだけにしてるけどね」

「こんな遠い国で約一年間、一人で祈り続けてきたんだな」

ごめんなさい、ごめんなさい、ごめんなさい、と祈り続けた。椅子に乗せていた左手に宗一の右手が重なる。その手から逃れないことが、滝本さんへの懺悔になるのだろうか。

「トンガの人たちは何を祈っているんだろう」

高い天井を見上げながら宗一が言った。

「死んだ後、ちゃんとイエス様とお話ができるように、イエス様と同じ世界で暮らすことができるように、練習に来てるんだって」

「イエス様とお話?」

「うん。わたしのイメージ的には閻魔様の取り調べなんだけど、トンガ人はどんな話をするつもりなのかなって考えると、あの質問が思い浮かんでくるの。名前は、職業は、誰の子どもだ。何で父親の名前なんだろう。しかも、堂々と答えちゃって。もし、本当に死んでからそんなことを訊かれるのだとしたら、生まれる前の子どもでもかな」

「それは……」

教会でごめんなさいと祈るのは、滝本さんに対してだけではない。もう一つ、小さな命に対してもだ。

妊娠の可能性に気が付いたのは、季節外れの鍋パーティーの日だった。

自分が求められている理由がわかり、たいした取り柄もない自分が誰かにとっては必要な人なのだということが嬉しくて、この人のそばにずっと一緒にいるのだ、とわたしが決意していたことに、宗一が気付いていたのかどうかはわからない。

わたしは鍋パーティーから早々に引き上げることを提案し、当たり前のように宗一と一緒に彼のマンションに向かった。

道中、わたしの方から手を繋ぎ、「佐紀ちゃん、滝本さんとうまくいくといいのになあ」と自分が利用されたことなどまったくどうでもよく、幸せな人が高みの見物でもするように、他人の幸せを願うようなことを口にしていた。電話についても、自分も毎日宗一の声を聞きたいような気になって、いつもかけてくれてありがとう、と素直に言うことができた。

宗一の部屋はワンルームでいつもきれいに片付いていたけれど、その日は机やカーペットの上に就職関連の本や会社の資料が無造作に置かれていた。バブルが崩壊し、就職氷河期という言葉ができた年で、偏差値の高い大学に通う宗一も、安易に構えていられる状況ではなかったようだ。

それでもわたしは「宗一なら、絶対に大丈夫」と彼の長所をかたっぱしからあげ、「そんな人をとらない会社があるわけないじゃん」と彼の背を押す言葉をかけた。

——理恵子のためにもいいとこ入んなきゃな。

宗一はそう言ってわたしを抱きしめ、耳元で「理恵子が卒業したら、結婚しよう」とささやいた。わたしは黙って頷いた。

けれど、二人でベッドに入っても何も始まらない。腕枕のまま宗一は完全に寝る態勢に入った。自分からもちかけたことは一度もなかった。就職活動とバイトで疲れているのかもしれない、とは思いながらも少し不安になった。求められているときは鬱陶《うっとう》しく、ないと不安になるのだから、いい加減なものだ。

――しなくていいの？

明かりが消えているのをいいことに、こちらから訊いた。すると、

――今日は出来ない日じゃないの。

と返ってきた。生理周期はかなり安定していたのに、自分では先月から生理がとまっていることにまったく気付いていなかった。

――今月はちょっと遅れてるみたい。

先月からないことはその時は言えず、翌日、産婦人科に行った。

アパートの向かいにある診療しているのかどうかもわからないような、小さな看板を出しているだけの古い建物で、一階のわたしの部屋からは入り口が正面に見えていたけれど、新生児を抱いた母親を見たことは一度もなかった。二、三ヶ月に一度夜中に読経が聞こえてくることはあった。

そんなところなので、人目を気にせずに入ることができた。白髪のおじいさん先生に「また学生か」とつぶやかれ、妊娠八週目だと伝えられた。超音波画像の写真を見ても、まだどこにいるのかわからない大きさだった。

宗一が避妊をしなかったのは一度だけ。わたしの首を絞めた日だ。

おじいさん先生は、おめでとう、とは言わず、どうするのか、と訊いてきた。間髪容《い》れず、わたしは「産みます」と答えた。宗一も喜んでくれるのではないかと思っていた。

――お願いだから堕ろしてくれ。就職が決まるかどうか一番の正念場なのに、子どもが生まれるなんて知られたら、全部台無しだ。責任は取る。理恵子と結婚するのは俺が卒業してからすぐでもいい。幸せにする。大切にする。だから、今回だけはわかってほしい。

お金が入った封筒も、その翌日には渡された。毎晩の電話では、まず病院に行ったかを訊かれ、まだだと答えると深いため息とともに、一緒に行こうか、と言われた。

一週間後、今日、病院に行ってきた、と答えた。

宗一が第一志望の大手商社の内定をとったのはその二週間後だ。

すごい、どころか、おめでとう、も言う気がしなかった。体調が芳《かんば》しくないことを理由に、会うことも、電話にでることも拒み続けていたので、電話で宗一の声を聞いたのは久しぶりだった。受話器を置いた途端、気分が悪くなった。少し熱っぽい。お腹も痛い。すごく痛い。どろっとしたかたまりが股の間から流れるのを感じた。

意識が徐々に遠のき、ほんの数メートルしか離れていない病院に立ち上がっていくことも出来ず、佐紀ちゃんに電話をかけ、助けを求めた。その場に滝本さんもいたらしく、滝本さんのバイクで二人はわたしのアパートに駆けつけ、滝本さんがわたしをかつぎ、佐紀ちゃんが付き添って病院に連れていってくれた。

流産だった。わたしは堕胎などしていなかった。宗一とは別れ、三年生の前期で大学を休学して実家に戻り、子どもを産もうと決めていたのだ。

事情を知らない滝本さんは宗一に連絡をとった。疲れ果てたからだでアパートに戻り、佐紀ちゃんの敷いてくれた布団に横になって目を閉じようとしていると、男子禁制の古いアパートの廊下にドカドカと足音が響き、宗一が飛び込んできた。

――理恵子、ごめん。

しがみつかれて声をあげて泣かれたせいで、小さな命がどこにいってしまったのか考えることもできなかった。気力をふりしぼって起きあがり、机の引き出しから札束の入った封筒を取り出して、宗一に投げつけ、「帰れ」と言い放ったところまでの記憶はある。

「僕、性別はわからないけど、なんとなく僕だった気がする。僕の名前はありません。父親の名前は柏木宗一、職業は、銀行員です。一番行きたかった商社に受かっていたのに、僕への罪滅ぼしのために内定を蹴って、その次に受かった銀行に行くことにしました」

わたしはそんなこと、頼みもしなかった。宗一が一人で決めて報告を受けただけだ。

「やめてくれ」

「うん。もう言わない。でも、今だけでいいからあの子のことを祈ってほしい。二人でそうしたこと、なかったでしょ」

「俺も祈っていいの?」

答えず、黙って寄り添った。

サークルの人たちはわたしの妊娠のことは知らず、宗一がわたしのためにせっかく受かった第一志望の内定を蹴って別のところにした、ということだけが広まった。それだけでも何人かから人格を否定されるような非難を受けたのに、別れたいなどと言い出したらどうなるのか。無責任な言葉の暴力を受け止める気力も体力もなかった。ただ、毎日を普通に過ごすだけで精一杯だった。

宗一は最大の罪滅ぼしをし、わたしがそれを受け入れたと思ったのだろう。その年のクリスマス、キラキラと光る石のついた指輪をプレゼントされた。

これを受け取るわけにはいかない。誰に何を言われようが構わない。どんなに求められようとも、わたしの人生に宗一などいらない。

年が明けて最初に会った日に、わたしは指輪を返し、二人の関係は今日で終わりにして欲しいと頼み、必死でその場を去った。電話にも出なかった。アパートの部屋の外に宗一がいることがわかっても、決してカーテンを開けたりはしなかった。

だけど今、わたしの左手の薬指にはそのときの指輪が嵌められている。

「ねえ、本当に死んだ人にまた会って、話すことができるのかな」

「……ごめん」

宗一が何に対して謝ったのか、よくわからない。

教会を出て、海岸通りを歩いた。市場を覗き、王宮を外から眺める。

太平洋を一眸《いちぼう》したい、という宗一のリクエストに応《こた》えて、ファレコロアという小さな売店でトンガ産の瓶ビールを二本買い、白い砂浜に下りた。青い海に向かって座り、だらだらと飲んでいるうちに、自分は観光客で、明日の飛行機で日本に帰るような気がしてきた。

いったい何をしにこの国に来たのだろう。

わたしが大学を卒業したらすぐに結婚しようと言われていた。それに猶予を持たせるためか。宗一と距離を置くためか。ボランティアなら宗一も納得してくれるのではないかと思ったからなのか。

それならば、明日、本当に帰った方がいい。

そうではなく、もっと大きなものに突き動かされてきたはずではないのか。なのに、この国の居心地のよさに甘えきり、二年間、トンガ人と仲良く過ごせればそれでいいのではないか、と思い始めているのも否《いな》めない。

「一緒に日本に帰ろうかな……」

海に向かってつぶやき、そっと宗一を見上げた。喜んでくれるかと思ったのに、彼はまるで聞こえなかったかのように、遠い水平線を眺めている。そして、口を開いた。

「理恵子、あの日のことを話そう」

今さら、なぜここでそんな話をしなければならないのだろう。聞こえなかったふりをして、水平線に目を遣《や》った。

指輪を返した一週間後、あの日の前日、日が暮れかけた頃、わたしは宗一に、これからマンションに来て欲しい、と電話で呼び出された。どうしても会ってほしい、夜が明けるまでに来てくれなければ永遠の別れになるだろう、とも思い詰めたような声で言われた。

宗一にはもう会いたくない。しかし、わたしが今夜中に行かなければ、宗一は……自殺をするつもりだろうか。

だけど、わたしは彼が何よりも彼自身を一番大切にしていることを知っていた。自分の就職のために子どもを堕ろせというような男だ。内定をもらっていた第一志望の会社を蹴ったことだって、わたしや子どもに対する罪滅ぼしではなく、自分の罪悪感を軽くするためだ。しかも、内定を蹴ったのは、銀行の内定が決まってからだ。もともと受かればどちらにでも行きたいと思っていたのではないだろうか。

そんな人が、わたしに指輪を返されたからといって、自殺などするはずがない。行けば、思い直してくれたのかと指輪を嵌められ、今度こそ返せなくなってしまうことは容易に想像できる。

脅迫じみた電話が二度とかかってこないように、電話の線を外し、いつもより少しボリュームを上げてテレビを見ていた。一階にあるわたしの部屋の、道路に面した窓を外からコツコツと叩く音がしたのは、午後一一時をまわってからだ。

宗一かもしれない。とは思ったものの、内廊下式のアパートの玄関の鍵を持って出るのを忘れたアパートの住人が、内側から開けて欲しいと、この時間にわたしの部屋の窓を叩くことはよくあったため、少しだけカーテンを開けて確認することにした。

窓の外に立っていたのは滝本さんだった。横にバイクが止めてある。窓を開けた。

――ちょっと話せないかな。

そう言われ、少したためらった。宗一のことだと思ったからだ。しかし、滝本さんには病院に運んでもらった恩がある。コートを着て外に出た。

——何ですか？

ポケットに手をつっこんだまま、白い息を吐きながら訊ねた。

——理恵ちゃん、頼む。宗一のところに行ってくれ。

滝本さんにいつものふざけた様子はなく、真剣な顔をしていた。でもわたしは、彼の言葉を受け入れることができなかった。滝本さんはわたしが流産したこと、そして、おそらく宗一がわたしに堕胎するよう促したことを知っている。それなのに、親友だということを差し引いてもなぜ、宗一の味方をするのかが解らなかった。

——いやです。

——理恵ちゃんと宗一のためなんだ。頼む、これからあいつに会いに行ってくれ。

滝本さんはそう言って、膝につくほど深く頭を下げた。

わずかに窓が開く音に気が付いて、ちらっと振り返ると、アパート隣の家に住む大家のおばさんと目が合った。

——わかりました。

つぶやくように言うと、滝本さんは嬉しそうに顔を上げた。

——そうか！　ありがとう。送ろうか？

顎《あご》でバイクを指し示す。

——いいです。終電に間に合うので一人で行きます。

——でも……。

——絶対に行くので、もう帰ってください。満足したでしょ。みんなの幸せとか言いながら、偽善者もいいところ。わたし、滝本さんのそういうところ、大嫌いなんです。

言い過ぎたか、と後悔したけれど、わたしはこれから宗一のところに行かなければならなくなったのだ。謝る必要はない、と思った。

——ごめんな。

滝本さんは力なくそう言うと、ヘルメットをかぶり、バイクに乗って去っていった。

それからすぐに、わたしは電車に乗り、宗一のマンションを訪れた。宗一はわたしを招き入れ、きつく抱きしめたものの、その頃重い貧血に悩まされていたわたしの顔色がよくないことに気づき、「夜が明けてから話そう」と別に布団を敷いてくれた。

そして、あの日、あの時刻がやってきた。

滝本さんとの別れをもたらした、絶望的な出来事が——。

宗一は布団の上から覆い被《かぶ》さり、わたしを守ってくれた。

数時間後、宗一と「スミレ荘」に戻ってくると、アパートの前に呆然と立っていた大家のおばさんが、わたしに駆け寄り、抱きついてきた。

——ああ、松本さん。あなたは部屋にいなかったのね。無事だったのね。

大家のおばさんの肩越しに、アパートの二階の屋根が視線とほぼ同じ高さのところに見えた。

ずっと水平線を眺めるわたしの隣で、宗一は静かな口調であの日を語った。

俺はあの日、前日の夜に理恵子を呼び出したことに、天啓を感じた。理恵子が今ここにいるのは自分が導いたことなのだ、自分が理恵子を守ったのだ、と。

それからすぐに、滝本の死を知った。

滝本の葬儀のあとで、滝本が理恵子に俺のところに行くように説得に行ったことを、佐紀ちゃんから聞いた。知ったことはもう一つ。俺たちのことがなければ、滝本はあの夜、佐紀ちゃんのマンションに泊まる予定だった。

滝本の両親も、佐紀ちゃんも、俺たちを責めなかった。

だけど二人で、この先、どう生きていくべきかを話し合った。

俺は滝本に守られた理恵子をこれから一生守りたいと願い、理恵子はそれを受け入れてくれた。

そうして、俺はもう一度指輪を渡した。

それでよかったんだとずっと自分に言い聞かせてきた。理恵子がこの選択をしたのは滝本に対する義理からだとわかっていても、絶対にそれは口にしないと決めていた。

結婚を二年間保留して、国際ボランティア隊に行くことも反対しなかった。

手紙を読んで、遠く離れた南の島で過ごすうちに考え方が変わってきていることに気付き、会いに行くことを決めた。都合の悪いことは気付かないふりをして、都合のいい解釈に置き換えて、二人で滝本のことを偲《しの》び、理恵子の気持ちを再確認した。

これでいいんだ、と思った。でも、やっぱりダメだ。

滝本との約束を破ることはできない。


「約束？」

　宗一に向き直り、オウム返しに訊ねる。宗一にも滝本さんとの約束があった。

「理恵子と一度、ちゃんと向き合って話をしろ。腹を割って、膝をつき合わせて、後悔のないように気持ちを伝え、謝るべきことはきちんと謝罪し、そして、解放してやれ。……あいつはそう言った」

「いつ？」

「指輪を返された二、三日後。そして、俺は理恵子を呼び出した。来ても、来てくれなくても、それで最後にするつもりだった」

「本当にそうするつもりだったの？」

「滝本に説得されたから。おまえが理恵ちゃんに一番求めているのは言葉だ。でも、理恵ちゃんはおまえに心地よい言葉を提供するなぐさめロボットじゃない。現にもう、ボロボロに傷付いてるじゃないか。おまえはもう昔みたいに自分の存在意義なんかに悩んだりしていないはずだ。それでも、たまに不安になったら、いつでも俺を呼んでくれ。どれほどの効果があるかはわからないけど、がんばってみるからさ。……一字一句間違っていないはずだ」

「滝本さんがそんなことを」

「なのに、俺はあの夜、理恵子が来てくれたのに、約束を守っていない。滝本が理恵子を呼びにまで行ってくれたっていうのに。でも、あの状況では二人でいるのが一番いいと思ったんだ。理恵子が一人で全部受け止めきれるとは思わなかったし、俺自身も自信がなかった。そのうちにやっぱり手放したくなくなった。卑怯だと思われても仕方ない」

「これを言うために、トンガまで来たの？」

「言おうと思う気持ちが半分。このままにしておこうと思う気持ちが半分」

「なのに、どうして？」

「どうしてだろう。空港に現れた理恵子は別人のように元気そうだった。ものすごく嬉しかった。だけど、俺といるうちに、日本を出発する前の理恵子に戻っていった。でも、外に出るとやっぱり楽しそうで、多分、この国の空気がとても合ってるんじゃないかな。キューブが揃っていたのも、リセットの暗示のように思えた。そして、教会だ。約束を破り続けることなんか許されないだろ。それに、子どものことを二人で祈って、これでやり残したことはもうないって思えたんだ」

「それで、ここに？」

「大きな決意を語るんだ。そんなのはちっぽけなことだと思わせてくれる景色の前だから、ここまで言えた。謝罪も必要かもしれない。でも、最後に残るのがひと言なら、こっちを残したい。一緒に祈らせてくれて、ありがとう。……ああ、これで、やっと約束が果たせた」

宗一は遠い水平線から、真っ青な空に目を向けた。涙がこぼれないようにするためだろう。

「わたしはどう答えたらいい？」

「何も答えなくていい」

「でも、わたし、宗一と滝本さんがそんな約束をしていたことを知らなくて、滝本さんに最後にひどいことを言った。偽善者って。大嫌いって。取り返しがつかないことをしたの。宗一は約束を果たせても、わたしは何もできない」

宗一が驚いた顔でこちらを見る。だけど、すぐに落ち着いた表情に戻り、空を見上げ、わたしに向き直った。

「謝ればいい。何年先か遠いのか近いのかわからないけど、また滝本と会って、話ができるんだろ。滝本はクリスチャンじゃないけど、宗教とか関係なく、だいたいみんなそういうところに行くんじゃないかな。だから、次に会ったときに、謝るだけじゃなく、ちゃんと胸を張ってどんなふうに生きたかを報告できるように……お互いがんばろう」

宗一はわたしに言葉を求めていたというけれど、わたしは今ほどの言葉を彼にかけてあげられたことはあっただろうか。

遠い水平線に目を遣り、そして、高い高い空を見上げた。


レストランに到着すると、すでに尚美さんが窓辺の予約席に着いていた。宗一は約束を守るかどうかは半々などと言っていたけれど、この席に尚美さんを招待した段階で、夜までに結論を出そうと決めていたのかもしれない。

「ホントにわたしもお邪魔してよかったの？」

向かいに宗一と二人並んで座ると、尚美さんは遠慮した様子で訊ねた。

「夜中に空港まで迎えに来てもらったお礼をさせてください」

宗一が言った。尚美さんは、そういうことならごちそうになろうかしら、と納得した。メインに大きなロブスターがついてくるコースとニュージーランド産のワインを注文して、街中を散策したことを話した。

「せっかく来たのに、明日の午前の便で帰るなんて、もったいないわね」

尚美さんが宗一に言った。

「ここに来た目的はちゃんと果たせたので」

宗一はわたしの方を見ずに答えた。ワインと前菜が運ばれてきた。三人で乾杯をする。

食事のあいだ、尚美さんのゲストハウスの話題が中心になった。尚美さんはトンガで外国人が事業をする際の仕組みや手続きについて宗一に説明し、宗一は資金についてのアドバイスをいくつかしていた。

わたしはそれを笑って聞きながら、ああ、やっぱりこの人はすごいなと思い、少し込み上げてくるものを感じるごとに、おいしい太平洋の海の幸を頬張った。

食事を終え、タクシーを呼んだ。宗一が一人で乗り、ホテルの名前を告げる。わたしは「尚美さんの家に自転車を取りに行かなければならないから」と明日でもいい用事を言い訳にしたけれど、尚美さんは「ああ、そうね」としか言わなかった。

わたしと宗一のあいだに何かあったことは察してくれているのだ。

タクシーが見えなくなると同時に、食事中ずっとがまんしていたものが込み上げてきて、わたしの目からあふれ出た。


「出てきた。飛行機に向かってるよ」

尚美さんが遠くに視線を遣ったまま、足元にしゃがみ込んでいるわたしに声をかけた。

「階段上がってる。いいの？　そのままで」

わたしは立ち上がらない。

「立ちなさい、理恵ちゃん。あのときああしていればと後悔しないように」

後悔しないように。昨夜、わたしは尚美さんに宗一とのことをすべて話した。知ったうえで、そうした方がいいと言ってくれているのだ。

わたしはゆっくりと立ち上がった。展望デッキのフェンスに手をかける。ニュージーランド行きの飛行機のタラップを宗一が上がっている。あと三段。宗一が足を止めた。展望デッキを振り返り――わたしに気が付いた。

わたしは大きく手を振った。

宗一も高く手を振り返す。そして、こちらを向いたまま、飛行機の中に消えていった。

椰子《やし》の木林の上はすぐ空だ。雲一つない真っ青な空が高く高く広がっている。頭の中にブラスバンドの陽気なマーチが流れ出した。

「いい天気でよかった」

わたしがそう言うと、尚美さんも空を仰ぎ、「そうね」と笑顔を返してくれた。

太陽

JAPAN / OSAKA

コンビニのおにぎりは好きじゃない。

米も海苔もほとんどの種類の具もおいしいけれど、その存在が好きとは言えない。だけど、世話にはなっている。多分、そこら辺の人の三倍くらいは、世話になっている。

テーブルに二個、おにぎりを置く。今日はシーチキンマヨネーズとおかかだ。

「花恋《かれん》、おにぎり置いとくから、六時になったら食べるんやで。このあいだ、梅干しほじくりだして残しとったけど、今日は魚やから、絶対にやったらあかんで。子どもにはカルシウムが必要なんやからな」

五歳の子どもの夕飯に、おにぎり一つは少ないが、二つになると少し多いようだ。だからといって、残すのは許さない。平気な顔してごはんを残す子は、いつか絶対に、これまでに残したごはんを今ください、と天に祈らなければならない事態に陥るはずなのだから。あたしのように。

「はあい」

座布団に寝そべって、アニメのＤＶＤを見ている花恋が、画面の方を向いたまま、よだれのたれそうなのんびりした声を上げる。

「あかん、やり直し。はあい、やなくて、はい、や。それに、ちゃんと話してる人の目を見て返事せえって、いつも言ってるやろ。寝たままこっち向くんもなしやで」

花恋がもたもたと起き上がり、こちらを向いて正座する。

「はい」

「よっしゃ、九五点。元気がたらんのがおしかったな。お茶は冷蔵庫に入ってるから、出したらちゃんと戻しとくんやで。おにぎり食べて、まだたらんかったら、戸棚にポテチ入ってるから、お皿に半分だけ出して食べ。残った半分はちゃんと輪ゴムかけとくんやで。アイスはあかん。お腹痛くなるからな。じゃあママ、お仕事行ってくるから、ごはん食べて、歯みがいて、八時になったら寝るんやで。ほな、いつもの言うてみ」

「電話には出ません。玄関の鍵はあけません」

「わかっとるな。最近の泥棒はまっすぐ玄関から入ってくることが多いんや。ピンポンが鳴っても、ほうっておくんやで。宅配便も回覧板も、ママがおるときに、もう一回持ってきてもらったらええんやから。わかった？」

「はい！」

花恋が正座をしたまま背筋をピンと伸ばして、声を張り上げる。

「今度は一〇〇点や。ほな、行ってきます」

「バイバイ……」

花恋が手を振った。そこは、いってらっしゃいやろ、とつっこんでいる暇はない。

午後五時。花恋に手を振り返し、マンションの部屋を出た。

しっかりと施錠する。コンロは電化、冷暖房はエアコンだけ、たばこは吸わない。火が出るようなものは何も置いていない。

おかげで花恋は、バースデーケーキにろうそくを立てて吹き消すということを知らない。教えなくてもあたしは困らないが、小学校の高学年になったら、こういう習慣もあるのだと一度やってやろう。でないと、大学生になり、一人暮らしを始めてうっかりできてしまったアホ彼氏に、バースデーケーキのろうそくに火を灯されただけで、彼は運命の人だ、などとハートにまで火を灯された気分になりかねない。あたしのように。

花恋には、あたしのようになってほしくない。そう願うほど、あたしの人生はろくでもないものなのだろうか。まだ四半世紀しか生きていないというのに。いや、ろくでもなかったのは、つまらない男に子種をもらってしまったことだけで、あとはそれほど悲観するようなことはないのではないか。

とりあえず、今日生きていて、明日も生きていければそれでいい。

午前三時。もうすぐマンションに到着する。

仕事はいつもと同様、可もなく不可もなく。ただ、新規の客におばさん扱いされたのはムカついた。接待という名のもとに、会社の金で飲み遊んでいるというのに、もっと若い子いないの、なんて調子に乗りやがって。あたしだって花恋を産む前は、お肌ピチピチ、ウエストも今より五センチ細かったのに。五年前に来やがれ。それより前なら犯罪だ。とはいえ、こんなのは運の悪い出来事に入らない。

二時過ぎにフロアから引くと、ケータイに着信履歴が三件残っていた。一時半から一〇分おきに、同じ番号からかけられていた。未登録の番号だ。客からではない。仕事とプライベートのケータイは分けてある。母親や弟に何かあったのだろうか。それとも、花恋に……。おかしな勧誘の可能性もあるため、リダイヤルはしなかったが、ドライバーのショウくんに事情を話して、送迎ルートを逆まわりにしてもらった。

いつもより一五分、早く着く。

車から降りると、マンション前にパトカーが一台停まっているのが見えた。もしや、と二階一号室の部屋まで駆け上がると、制服を着た警察官が二人、ドアの前に立っていた。

「た、高杉《たかすぎ》です。花恋！　うちの娘に何かあったんですか！」

警察官の一人に詰め寄ると、花恋はマンションの管理人の家で保護されている、と言われた。管理人の家はマンションのすぐ隣にある。何があったのか、と訊ねると、事情を説明するので署まで来てほしい、と言う。花恋は隣の家にいるのに、なぜあたしが警察署まで行かなければならないのかわからず、先に花恋に会わせてほしい、と頼んだ。

警察官に付き添われて、隣の家のインターフォンを鳴らすと、管理人夫婦のおじさんの方が出てきた。

「やっと帰ってきたのか」

吐き捨てるようにそう言って、ぴらぴらのドレスにファーのコートをはおったあたしの姿を、頭のてっぺんからつま先までスキャンするように眺めて、フンと憎々しげに鼻を鳴らす。

「あの、花恋は」

おじさんは、おい、と家の奥に向かって声をかけ、少しして、花恋がおばさんに手を引かれて出てきた。あたしが部屋を出るときに着ていた、ウサギ模様のピンクのスウェットの上下ではなく、大人用の、ドーベルマン模様のからし色のトレーナーを、だぼっと一枚かぶった姿だ。こんな格好の子どもを、あたしは何人も見たことがある。

「ママが帰ってきてくれてよかったわねえ」

おばさんは明るくそう言って、花恋の背を押した。しかし、花恋はこちらに駆け寄ってこない。固まり付いたように立ちすくんでいる。

「花恋」

いつもより優しい声で呼ぶと、ビクリと体を震わせ、火が付いたように泣きだした。よほど怖い思いをしたのだろう。あたしが一歩踏み出すと、花恋も一歩下がり、おばさんにぶつかって尻もちをついた。

「今夜はうちであずかってもいいのよ」

おばさんにそう言われ、あたしは何が起きたのかわからないまま、パトカーに乗って警察署に行くことになった。


どうしてあたしが仕事帰りのこんな夜中に警察署に呼び出されなければならないのか、事情をきけばきくほど、納得できない。

事の顚末はまず、あたしの部屋の真上、三階一号室の住人、丸山玲奈という女子大生が、午前一時前頃、風呂に入ろうと浴槽の蛇口をひねり、そのまま寝てしまったことに始まる。浴槽から溢れ出した湯を、掃除を怠ったままの排水溝が受け止めきれず、湯は浴室から溢れ出し、フローリングの床と壁の隙間に吸い込まれて、階下の部屋へと流れていった。

運悪く、花恋の布団は水が流れ落ちてきた真下に敷いてあった。眠っていた花恋は顔にぼたぼたと落ちてくる水滴を受けて目を覚ました。暗闇の中、夢かうつつかわからない状態で水が降ってくる。恐ろしかったのだろう。花恋は声をあげて泣き出した。水はやがて、壁に沿って滝のように流れ落ち、布団をじわじわと濡らしていった。花恋はますます怖くなり、さらに大きな声をあげて泣いた。

その泣き声に隣室、二階二号室に住む会社員の男性、横田が気付いた。最初はほうっておこうと思ったが、泣き声があまりにも続くため、無視を続けるわけにはいかないと、勇気を出して様子を窺いに行くことにした。たまたまその夜のニュースで、児童虐待による殺人事件が報じられ、近隣住民も気付いていたはずなのに、とコメンテーターが咎めるように言っていたのが、彼の頭に残っていたらしい。うちの家族構成が事件と同じ、母一人子一人だったことも、彼の背を押した。

しかし、インターフォンを何度鳴らしても、誰も出てこない。出てこなくても、他人に気付かれたことにより、親が虐待をやめればいいが、子どもの泣き声はますます酷くなっていくばかりだ。もしや、虐待ではなく、泥棒でも押し入って、母親の方はやられてしまい、子どもが泣いているのではないか。そんなふうにも考えた。どうかしましたか、大丈夫ですか、救急車を呼びましょうか、などと大声を出しながらドアを叩いていると、同じ階の四号室のＯＬ、夏木も、何事かと様子を見に部屋から出てきた。

そこでありのままの事だけ話せばいいものを、横田は、何か事件が起きたのかもしれません、などと言い、動揺した夏木の提案で、警察に通報したというのだ。ここで二人が冷静に判断して、一足飛びに警察ではなく、まずは管理人の家に行けば、こんな大袈裟な事にならずにすんだのだ。隣に住んでいることは知っているのだから。

警察官が来た頃には、花恋は泣きやんでいたが、警察を呼ぶほどの状況だったことを説明するため、横田と夏木は、花恋が尋常ではない泣き方をしていた、と強調した。今泣き声が聞こえないのは、息をしていない状態だからかもしれない、とまで言ったそうだ。警察官はインターフォンを鳴らして、大丈夫ですか、などと声をかけたが、室内からの反応はなかった。

そこで、警察官の一人が管理人を呼びに行った。うちには固定電話がない。入居時に管理人に提出した書類には、ケータイ番号を書いていたため、警察官は自分のケータイからあたしの番号にかけた。しかし、あたしは仕事中のため、出ることはできなかった。管理人夫婦は警察官立ち合いのもと、二階一号室の鍵を開けた。警察官が中に入ると、花恋がテーブルの下で、うずくまるような姿勢のまま眠っていた。花恋には日頃から、部屋が揺れたらすぐにテーブルの下に隠れるように、と言ってある。水漏れと地震は違うが、花恋は途方にくれながら、こうすることしか思いつかなかったのだろう。

花恋の衣服は濡れており、警察は室内を調べて、階上からの水漏れに気が付いた。ドーベルマンのトレーナーには、管理人のおばさんが着替えさせてくれたらしい。

これのどこに、あたしが警察署まで連れてこられなければならない理由があるだろう。

悪いのは、三階一号室の丸山だ。この線より上はお湯をためないでください、と浴槽に注意書きのシールが貼られているのだから、管理人の責任ではない。

もちろん、あたしは罪に問われているわけではない。警察も、事情を説明するために各関係者にそれぞれ来てもらっているだけだ、と言っている。だけど、まったくお咎めがなかったわけではない。毎日、未就学の子どもを、夜間に一人残して出て行っていることについて、一度、児童相談所の職員と面談をするよう、勧められた。今日は水漏れだったからよかったが、火事や地震などの大きな災害が起きた際に、子どもの安全をどのように確保するのか相談する必要がある、と。

もっともな理由だと思うけれど、本当はもっと別のことを疑われているのではないだろうか。児童虐待とか。暴力をふるったり、きつい言葉で罵ったりしなくても、子どもを放置しているだけで虐待とみなされる、というのを聞いたことがある。面談を申し込まなければ、虐待をしていると認めることになるのだろうか。

まったく、やっかいなことになってしまった。あたしの自由な時間がまた一つ削られてしまう。美容室にも行かなければならないのに。

そもそも、花恋がギャン泣きしなければ、こんなことにはならなかったはずだ。

警察署を出ると、すでに空が白くなっていた。

水びたしのところを、バスタオルを八枚使って拭き、濡れた掛け布団をベランダに干してから、管理人の家に花恋を迎えに行った。夜のうちに洗濯をして、乾燥させてくれたらしく、花恋はウサギのスウェットを着て出てくると、今度は機嫌よく、あたしのところにやってきた。朝食までごちそうになったようだ。

「また、豚汁を作ってあげるからね」

おばさんに言われ、花恋は嬉しそうに頷いた。朝っぱらからそんなものを食べたのか。まさか、こんなの初めて、などと言っていないだろうな。やきそば以外は。料理をまったくしないわけではないが、避難所を思い出すものは作りたくない。それなら、コンビニのおにぎりも買うな！　と自分につっこんでみるが、それとこれとはまた別の話だ。

花恋は部屋に戻ると、不安そうな目であたしを見上げた。夜のうちに連れて帰っていたら、あんたが泣くから大袈裟なことになってもうたんや、とげんこつの一つでも落していたかもしれない。だけど、想像以上に水がたまっているのを見て、こりゃ泣いても仕方ない、と思い直したのだ。

「ちゃんと、テーブルの下に隠れとったんやな。えらい、えらい」

そう言って頭をなでてやると、にんまりと笑い返してきた。

二人で昼過ぎまで寝ていると、インターフォンが鳴った。ドアを開けると、見たことのない女が立っていた。

「昨夜は申し訳ございませんでした」

金色のリボンがかかった白い箱を差し出され、三階一号室の女子大生、丸山玲奈か、と思い当たった。もっとチャラい子を想像していたので、拍子抜けする。だけど、この子のせいで、こちらが迷惑を被《こうむ》ったことには変わりない。文句の一つも言ってやらなければ、気が治まらない。

悪いと思ってんなら、午前中に来て、掃除を手伝え！　ベランダが狭いから、掛け布団と敷布団、いっぺんに干せないだろ、カビが生えたらどうしてくれるんだ！　ってか、こっちは寝ていたんだ。ただでさえ睡眠時間が削られたっていうのに、自分のペースで来てんじゃねえよ。みんながみんな、太陽が出ている時間に働いてるわけじゃないんだ。なんなら、あんたが代わりに、児童相談所の面談を受けてくれ！　――とは言わない。

「ええよ。今度から、気をつけてな」

丸山はホッとした様子で帰っていった。あたしは思っていることを口にできない、ヘタレな脳内弁慶ではない。言い争うのが嫌なのだ。声を荒げて効果があることなど、それほどない。起きてしまったこと、取り返しがつかないことには、何を言っても仕方ない。我慢して、争いを避けた方が、心の擦り切れ具合は少なくてすむ。

リボンを解いて箱を開ける。洒落たケーキが並んでいるのかと思いきや、シュークリームが四つ入っているだけだった。掃除を手伝え、くらいは言ってよかったかもしれない。

「花恋、シュークリームもろたで。食べる？」

「うん！」

あたしの布団の端に転がっていた花恋が、とび起きてやってくる。

「なんか、コンビニ行くの面倒やし、一個はおやつにして、もう一個を晩ごはんにしてもええな。ポテチも残ってるし、今日の晩ごはんは、シュークリームとポテチに決定や。豪華やな」

「ヤッター」

花恋が両手をグーにして振り上げた。ガッツポーズとバンザイが合わさった、最強の喜びのポーズだ。

「シュークリームには卵と牛乳が入ってるから、カルシウムが十分にとれるし、ポテチはじゃがいもやから、野菜やし、栄養満点やな。そうや、一緒に牛乳も飲んどき。カルシウム祭や」

冷蔵庫から牛乳パックを取り出すと、消費期限を三日過ぎていた。一週間までは大丈夫だと思うが、夜中に腹痛を起こされると困る。二日続けて通報など、シャレにならない。それこそ、虐待母に認定されてしまうではないか。

「お腹が冷えたら困るから、チンしたろ」

マグカップに牛乳を注ぎ、電子レンジにセットした。自分用には紅茶を淹れる。あの人も紅茶派だった。牛乳をたっぷり注ぎ、砂糖を小さじ四杯入れたミルクティーをおいしそうに飲んでいた。牛乳の期限が少しばかり過ぎていても、まったく気にしていなかった。

濃いめの紅茶に期限切れの牛乳を注ぎ、砂糖は、小さじ一杯にとどめておく。あの人の国では太った女の方がモテるらしいけど、あいにくこの国では少数派にしか需要はない。花恋と二人で人並みに生活していくためには、太るわけにはいかないのだ。

牛乳が温まり、シュークリームを皿に乗せると、花恋はいただきますも言わずに、大きく口を開けてかぶりついた。

「おいしい？」

「うん！」

首がちぎれそうなほど、大きく頷く。

「これを二個も食べさせたるんやから、今度から、ちょっとくらいビックリすることがあっても、泣いたらあかんで」

花恋はシュークリームを飲み込みながら、しゃっくりでもするように、小さく頷いた。

児童相談所へは、こちらが出向いて行かなくても、あちらの方からわざわざこの狭いワンルームマンションまでやってきた。年配の女、中本さんと若い男、吉田の二人組だ。警察官といい、公務員は二人ひと組で行動することが義務付けられているのだろうか。中本さんは笑みを浮かべてこちらを見ているが、吉田は部屋中をちらちらと窺っている。わざわざ、なんて思ってしまったけれど、家の中を観察する目的でやってきたのかもしれない。

テーブルに二人を案内した。

「お子さんは？」中本さんが訊ねる。

「隣の管理人さんの家にいます」

DVD持参でおばさんに預かってもらっている。花恋のリクエストでいつもはヒーローものを借りているが、今回はディズニーアニメにした。

「保育所には通わせていないのですか？」

質問をする役目は中本さんのようだ。吉田は隣でメモをとっている。

「来年から幼稚園に通わせようと思ってます」

「でも、保育所に通わせた方が、お仕事をしやすいのではないですか？」

「いや、保育所は高いんで」

公立とはいえ、ある一定の収入を越えると、たとえ母子家庭でも、保育料は急激に高くなる。五日間は保育料のために働いているのではないか、と思うほどの金額だ。そもそも保育料の設定の仕方が納得できない。どうして、収入に応じて金額を変えるのだろう。受けるサービスは同じだというのに。

この国は正直ものがバカを見る仕組みになっているのだ。

いっそ、生活保護を受けながら、保育所もタダで通わせてもらった方が、今よりラクな生活が送れるのではないかと思うこともあるが、一度そこに行ってしまうと、二度と戻れなくなるんじゃないかという予感がして、どうにか踏みとどまっている。それに、あたしには夢がある。生活保護を受けていたら、叶わない夢だ。そのためにがんばって働いているのに、保育料で何万円も持って行かれるなんて、まっぴらごめんだ。

そのうえ、それだけお金をはらっているにもかかわらず、保育所はそれほど役に立たない。花恋が一歳半になった頃、保育所に預けて、昼間に働きに出ていたことがある。予備校の事務員で、准社員という扱いで、わりといいお給料をもらえていたが、保育料を払うとかつかつの生活を送らなければならなかった。それでも、半年間は問題なく過ぎていった。しかし、受験シーズンが近付いた秋頃から、徐々に残業が増えるようになった。だけど、この地域の保育所は最長で七時までしか子どもを預かってくれない。五分遅れて迎えに行くと、こういうのは困るんです、と一五分以上に及ぶ説教が始まる。職場に事情を話し、皆が深夜まで残業する中、どんなに遅くとも、あたしだけは六時五〇分には上がらせてもらえることになった。

それだけなら後ろめたさを感じながらも、開き直って帰ればよかったし、就業時間内に仕事が終わるようにがんばってもいた。しかし、インフルエンザやノロウイルスといった病気が流行る時期だったため、就業時間内に呼び出しがかかることも多くなった。高い保育料を払っているのだから、時間いっぱいまで職員室の端の方で寝かせておいてくれればいいのに、三七度五分以上の場合は、連絡して連れて帰らせなければならないという規則らしい。週に一度は呼び出しがかかり、ふた月で有給休暇を消化しつくしてしまった。

病気が治るまで仕事を休むわけにもいかず、花恋を部屋に一人で寝かせて出勤していたけれど、日中はエステだの銀行だの宗教だのと勧誘がやたらと多い。インターフォンを鳴らされるごとにストレスが溜まっていくのか、夜泣きが酷くなり、あたしも花恋もくたくたになっていた。

仕事で小さなミスをして、そこに保育所から給食を吐いたという連絡が入り、給料を引かれても構わないから帰らせてほしいと頼んだところで、転職をすすめられた。

「その点、夜の仕事なら、日中は寝ていてもそばに子どもを置いておけるし、子どもの具合が悪くなっても、病院が開いている時間に連れていけるし、夜に一人で寝かせていても、昼間ほどインターフォンを鳴らされることもないじゃないですか」

「しかし、夜、子どもを一人きりにするのは、危険なことです。勧誘はないとしても、室内での事故や災害が生じたときはどうするのですか」

二四時間、子どもを見張っておけと言いたいのだろうか。日中、子どもに一人で留守番させて、買い物に出ている主婦など、ごまんといるのではないか。どこにでも子どもを連れていけばいいというわけではない。病院や買い物など、外に連れて出た方が、うっかり病気をもらってしまうことだってある。

「まあ、時と場合にもよりますけどね」

中本さんが言った。

あたしは当てはまらない、と言いたいのだろうか。花恋を置き去りにして、夜遊びしているわけではないのに。

「深夜の仕事でも、あたしがキャバクラじゃなくて、パン工場や市場で働いてたら、そういう言い方しないんじゃないですか？」

「そのようなことはありません。職業が何であれ、置き去りは置き去りです。ところで、ご家族やご親戚は近くにお住まいではないのですか？」

「母と弟は神戸にいます。まあ、大阪、神戸なんてたいした距離じゃないですけど、母もまだ四〇代なんで、仕事してますし、弟は大学生なんで、ちょっとは暇だろうけど、仕事に出てるあいだ、子どもを見てもらうってのは無理です。そういう意味ですよね」

「ええ。ご一緒に住まれる予定などはないのですか？」

「それはちょっと、お役所とはいえ、プライベートに踏み込みすぎと違いますか？　ただでさえ、あたし、事件を起こしたわけじゃないのに」

「そうですね。では最後に、娘さんと少しお話をさせてもらっていいですか？」

「いいですけど、おかしな痣《あざ》とかありませんからね」

管理人の家に行き、おばさんに花恋を呼んでもらった。物語のクライマックスだったらしく、奥の部屋からごたいそうな音楽が流れている。花恋はそちらが気になるようで、ちらちらと振り返っている。

「お子さんの身長と体重は？」

中本さんがあたしに訊ねた。

「そんなん、計ったことないのでわかりません」

「体重も？」

「うち、体重計、ないんで」

あらまあ、と管理人のおばさんが大袈裟な声を上げた。相談員の前で、まぎらわしい反応はやめてほしい。

「花恋ちゃん、昨日の晩ごはんは何だった？」中本さんが花恋に訊ねた。

へっ？　というように花恋が振り返り、答えた。

「シュークリームとポテチ！」

部屋に戻って花恋の頭にげんこつを落とした。だけど、花恋はこういうことでは泣かない。こちらも手加減はしている。

相談員は来週も訪れることになった。四角い枠が引かれた紙を渡され、毎回の食事を記入するようにと言われた。たまたまいただきもののシュークリームがあったのだ、と言っても耳を傾けてもらえなかった。中本さんは花恋にこんな質問もした。

——お母さんの得意料理はなあに？

花恋は間髪容れずに、やきそば、と答えた。でかした、花恋！　と胸の内でガッツポーズをとったのに、中本さんは、あらそう、と小さくため息をついた。やきそばをバカにするな、と腹がたったが、あたしにとってやきそばがどんなに価値のある食べ物なのかを説明しても、理解できない人には一〇〇回生まれ変わっても無理なのだろう。

コンビニのおにぎりと記入すれば、また次の週もやってくるに違いない。昼食のほかほか弁当は、弁当と書かない方がいいだろう。ごはん、からあげ、ポテトサラダ。それならおにぎりも、ごはん、海苔、まぐろ、と書けば大丈夫だろうか。

そもそも、コンビニのおにぎりは咎められるような食べ物なのか。避難所では役場の人たちが配っていた。一人二個ずつです、と大声を張り上げながら。そのくせ、余ったのを、全員分はないからと放置しているうちに、期限切れになって、ゴミ袋に放り込んで処分していた。

チョコパンが晩ごはんのときだってあったじゃないか。

何を食べようが、三食、きちんと残さず食べて、元気に暮らしている。それで、十分なはずなのに。


花恋がポストから郵便物をとってきた。

カード会社からの請求書と、あたし宛の手紙が一通ある。

『仕事も慣れてきたので、そろそろ結婚してもいいのではないかと、母さんからの許可が出ました。再来週辺りに一度、そちらへ行きます。住所は変わっていないよね――』

子種の主からだ。何、アホなことを書いているのだろう。いや、書いてもいない。パソコンで打っている。本当に自分で書いたかどうかも怪しいものだ。

ホンワカパッパのボンボンが――。


大阪の大学に入学し、このマンションで一人暮らしを始め、ボランティアサークルに入った。何十年も続く伝統のあるサークルで、部員は他大学から来ている人を含め、一〇〇人を超えていた。大きなイベントになると全員総出だったが、普段は五つの部門に分かれて、その中でさらに班を作り、大学近辺の様々な場所で活動をしていた。高齢者福祉施設、障がい者支援施設、児童養護施設、地域環境整備、献血、といった部門の中で、あたしは児童養護施設を希望して所属することになった。

児童養護施設部門の通常の活動は、土曜日の午後に児童養護施設に行って、子どもたちと遊ぶことだった。五人組の班を四つ作り、四ヶ所の施設をひと月ごとのローテーションでまわっていた。

遊ぶだけなのに、あたしを含めた新入生たちは、それがどんなに難しいことなのかを、初日から身を以て思い知ることになった。立ち位置がわからないのだ。どの距離から、どんな口調で、誰に向かって、どんなことをすればいいのか。

あたしにはわかっていたはずなのに。子どもはボランティアのお兄さんお姉さんたちが来れば、無条件に駆け寄って行くものではないということを。

おいで、と呼ばれて行ったところで、相手はおもしろいことを用意してくれているわけではない。何がやりたい？　何でも言ってごらん？　好きなことをしてあげるから、とこちらに訊ねられても困る。それがわかれば、とっくに自分たちだけで遊んでいるということを察してほしい。

——そんな気持ちを昔、自分自身が抱いていたというのに。

驚いたことに、とっくに慣れているであろうはずの先輩たちまで、施設に行っても自分たちから動こうとしなかった。理由はすぐにわかった。ボランティアと称してやってきたはいいけれど、自分たちからは何もできない学生のために、施設の職員が気を使い、役割を決めて、分担までしてくれるのだ。

このお姉さんには本を読んでもらいましょうね。聞きたい子はこっちにいらっしゃい。このお兄さんたちと一緒にサッカーをしたい子は、庭に出ましょう。そうそう、花壇の植えかえをしないといけないんだった。このお姉さんたちにお願いするから、手伝ってくれる子は中庭に行ってね。

情けなくて逃げ出したいような気分になったのに、他のメンバーは役割を与えられたことに安堵したようだ。じゃあこっちにおいで～と、さも自分が用意してきた企画のようにはりきって動き出し、時間になると、すがすがしい顔をして帰っていった。それなら最初から、遊びにきた、ではなく、しなくてもいい手伝いをしにきた、と言えばいい。

ボランティアっていったい何なんだ。

あたしはあの人のようになりたくて、ボランティアサークルに入ったのに。どうすればいいのかわからない。……あの人はグラウンドの片隅にいるあたしたちのところにやってきて、ドッジボールを高く空に向かって投げ上げただけだった。

——このボールをとれますか？

発音が少しおかしいけれど、丁寧な日本語で。

一球目は誰も動かないうちにボールは地面に落ちた。だけど、二球目、三球目からはそこにいた子どもたちが、高く上がったボールを受け取るために、声をあげて走り、手を伸ばし、次のボールをと急かした。遠くにいた子どもたちもやってきた。

あの人は手持ち無沙汰な様子の学生ボランティアに声をかけた。

——子どもたちが増えたので、あなたたちも、ボールを投げてください。

赤、青、黄、緑、いくつものボールがいっせいに投げ上げられた。天高く上がったボールがすとんとあたしの両腕の中に落ちてきたときには、歓喜の声をあげた。まるで、大きな宝物を手にしたような。

父を失ってから、笑ったのはあのときが初めてだったはずだ。

その施設にもドッジボールはあった。指示を受ける前に庭に出て、あれを高くほうりあげてみようかと思った。このボールをとれる人？　元気な声でそう言って。だけど、からだはまったく動かなかった。誰も来てくれないかもしれない。それが怖かったし、恥ずかしくもあった。

もともと発しているオーラがあの人とあたしでは違うのだ。あの人は南の島の太陽みたいな人だった。あったかくて、大きくて、元気のパワーをくれる人。

結局は、あの人のように行動する自分を想像するだけで、毎回、職員から出された指示に従うだけだった。しかし、三ヶ月過ぎたころだっただろうか。ある日、同じ班に見慣れない人がいた。それが、藤重正也《ふじしげまさや》だった。先輩たちからは、やっと戻ってくれたか、と歓迎されていた。違う部門に助っ人に出ていたらしい。

さっそく正也を交えたいつものメンバーで施設に行くと、明らかにそれまでとは違うことが起きた。正也のもとに子どもたちがわっと駆け寄ってきて、遊ぼう、遊ぼう、と腕を引き、庭に連れ出していったのだ。正也が、仕方ねえな、と言って始めた遊びは、なんてことのない、ただの缶けりだった。

ああ、そうだ。あの人も缶けりを一緒にやってくれたことがある。あの人の国にも缶けりという遊びがあるのか、単に、あの人が日本のことをよく知っているだけだったのか。そんなことを考えながら、あたしは正也と子どもたちが缶けりをしているのをぼんやりと眺めていた。

そこに正也がやってきた。かわってくれ、と言う。一緒に歌をうたう約束をしている子たちもいるから、と。頷くと、正也は引き継ぎもせず、室内に入っていった。缶を持って立っているあたしを見て、残された子どもたちの顔が強ばったのがわかった。

笑え、笑え、あの人のように……。

「行くよ！　あたし、缶けり、得意やねん！」

腹の底から声を出した。日が暮れるまで庭を駆け回り、別れ際には子どもたちと、来週は別のおもしろい遊びをおしえてあげる、と一人ずつ指きりをした。小さな指、細い指、太い指、長い指、何人もの子どもたちと指きりをしながら、あの人と指きりをした日のことを思い出した。

——元気でね。笑顔を忘れないでね。

最後の子の指は、大きくてごつごつしていた。正也の指だった。

「ありがとう。助かったよ。っていうか、仲良く遊んでもらえて、よかったじゃん」

ああそうか、と腑に落ちた。この人は、可哀そうな子どもたちと遊んであげよう、などとは思っていないのだ。子どもたちと遊ぶのを楽しんでいるだけなのだ。もしかすると、あの人も、可哀そうな人たちを助けてあげよう、とは思っていなかったのかもしれない。もっと、自然に湧き出る思いに従って動いていたのではないだろうか。

そうやって、あの人と正也を重ねてしまったのが間違いだった。正也は調子がいいだけで、あの人のような強さや温かさ、大きく包みこんでくれる心など、これっぽっちも持ち合わせていなかったのだから。

妊娠に気付いたのは二〇歳になったばかり、大学二年生の冬だ。

嬉しいといったプラスの気持ちはみじんもなかった。どうしよう、最悪だ、困った、勘弁してほしい、夢ならいいのに、と悪夢の中に放り込まれたような気分だった。正也に報告すると、産めばいいじゃん、とあっけなく返された。そうか、そういうものなのか、と少し気持ちが軽くなった瞬間、正也はこう続けた。

「生まれたら、俺、ときどき見に行くからさ」

アホか、こいつは、と一瞬で心が凍った。責任感も何もない。やっかいなことは全部あたしに押し付けて、ときどき見に行く、とは。ただ、このときはまだマシだったのだ。三日後、正也は突然、やっぱ無理、と言って現金の入った封筒をつきつけてきた。出産費用には足りず、しかし、おろすには十分な金額が入っていた。正也は牛丼屋でアルバイトをしていたが、そんなに貯金があったとは思えなかった。訊ねると、母親に事情を話したら用意してくれた、ということだった。

「あんたの気持ちは、ようわかったわ。でも、あたしは産むからね」

「そんな……」

「命を粗末に扱うたらあかん。そんなん人として常識や。それがわからんあんたに、こんりんざい用はない。産むのはあたしで、子どもはあたしだけのものやから」

そう啖呵《たんか》を切れたのは、あたしの母は協力してくれると信じていたからだ。

あたしにとって、腹の中に宿っているのは、子どもではなく、命だった。この国では腹から出てきたあとの命を奪えば罰せられるのに、腹の中の命を掻き出して奪うことに罰則はない。いや、罰則など関係なかった。あたしにとってはどちらも同じ命だったのだから。

震災で父を失った。母もあたしも弟も命が消える瞬間を目の当たりにした。そんなあたしが自分で命を消せるはずがなく、母もまた、思いは同じに違いないと信じていたのに。

家に帰り、子どもができたと伝えると、母は烈火のごとく怒り、そして、泣いた。夫を亡くして一〇年、女手一つでここまで育て、大学まで行かせてやったのに、しっかり勉強するどころか、突然、妊娠したと報告されたのだ。怒られても泣かれても仕方ないだろう。

「相手はどう言うてんの？　結婚する、言うてるの？　なんで、あんた一人で報告に来てるの？普通は孕ませた男が、両手をついて謝るんと違うの？」

母は矢継ぎ早に訊いてきた。あたしは正也の言葉と行動を、包み隠さず母に伝えた。

「そんなアホな男の子どもなんか産まんでええ。さっさとおろしてき。ほんで、しゃんと勉強し。卒業証書と内定通知をお父さんの仏壇にお供えできるようになるまで、帰ってこんでええ」

母にスパンと切り捨てられ、あたしは黙って家を飛び出した。

母はおろせと言った。

父の大学生活の四年間は、人生において一番豊潤な時間だったらしい。子どもたちにも、実り豊かな人生のひとときをぜひ経験させてやりたい、と父はあたしと弟がそれぞれ生まれたときから、学資保険を組んでくれていた。安月給のサラリーマンだったのに。

母は震災後、保険の外交員をしてあたしと弟を育ててくれた。経済的な余裕がないことなど肌の奥に染み込むほど、自覚していた。大学になど行かなくてもいい、と高校生になったあたしは母に申し出た。母は、あんたたちを大学に行かせるのがお父さんから託されたわたしの役目だから、と譲らず、あたしは大学に行かせてもらうことにした。公立の外語大に受かった日、父の仏壇に合格通知を供えて、母は、ようやったな、あんたはお母さんの誇りやわ、とあたしの頭をがしがしとなでてくれた。一八歳になっていたというのに、あたしはそれが嬉しくてたまらなかった。

あの日の母の姿を思い出すと、罪悪感が込み上げた。子どもをおろして、大学を卒業して、安定した会社に就職して、貯金して、夢をかなえる。それから、責任感のある人と結婚して、子どもを産めば、母も喜んでくれるに違いない。あたしもそっちの方が幸せになれるに決まってる。だけど、本当に、命をなかったことにしていいのだろうか。

あの人なら何と……。悲しい顔をして、そんなことをしてはいけない、と言うに違いない。あの人の信仰している神様は、堕胎をしてはいけないと言っているのだから。堕胎をした者は祈ることさえ許されなくなる、と。

あたしは大学をやめ、アルバイトをして、一人でその日を迎える準備をした。少しずつ腹が膨らんできても、胎動を感じても、子どもが成長している喜びや、母性が芽生えていくのを感じたことはただの一度もない。元気で出てきてね、とか、あなたに会える日を指折り数えて待ってるわよ、などと気持ちの悪いことを腹に向かって言ったこともない。

宿った命を消すことができない。それだけだったのだから。

意地を張っているところもあったのかもしれない。正也に理解してもらいたいことは何もなかったが、母にならば、言葉を尽くせば思いをわかってもらえたかもしれないのに。大学を休学して出産するという選択肢もあったはずだ。出産予定日が近づくにつれ、不安が込み上げ、泣いてしまうこともあった。

救いの手を差し伸べてくれたのは、やはり母だった。予定日間際、マンションに弟がやってきて、あたし名義の通帳を差し出した。

——母さんから。姉ちゃんのために貯めといた大学の費用だって。

それで勘当が解けたわけではなかったが、花恋の写メをたまに弟に送り、弟はそれを母のケータイに転送してくれている。

あのときおろしておけば、とは思わない。ただ、妊娠しなければ、と考えたことは何度もある。何時にどこにでかけても、何を食べても、あたし一人なら、誰に責められることもない。自由になりたい。どこか遠くへ行ってしまいたい。


そんなことを願ってしまったのがいけなかったのだろうか。

水漏れからひと月も経たないうちに、三階一号室の丸山玲奈は、今度は夜中にぼや騒ぎを起こした。アイロンを消し忘れたまま、寝てしまったらしい。あたしは出勤中だった。幸い、火事に気付いた二階二号室の横田が、今度はすぐに管理人の家に行って、鍵を開けて花恋を救出してくれたため、花恋ははだしの足にかすり傷を少し負った程度ですんだ。

真上の部屋が燃えたため、あたしの部屋も修復が必要で、その期間、別のところに住まなければならなくなった。マンションそのものが保険に入っていたため、仮住まいのホテル代などは保険会社に出してもらえる。しかし。

これが潮時というものではないだろうか。

もともと丈夫でないビニール紐が、重い石をくくりつけられ、どうにかこうにか世の中という柵にぶらさがっていたけれど、炎にやられて、くにゅくにゅと縮み、ぷっつり切れてしまいましたとさ。チャンチャン。

花恋がリュックにお気に入りのぬいぐるみを詰めている。正也がたまに、宅配便で送ってくるおもちゃだ。そういえば、会いに来ると手紙に書いてなかったたか。火事になったのを知り、これ幸いと、一緒に住もうなどと言い出さないだろうか。そんなの、まっぴらごめんだ。

逃げよう。どこに？　決まってる！

「花恋、バカンスにそんなもんはいらへんで。置いていき」

「バカンス？」

おそらく生まれて初めて耳にしたであろう言葉を、花恋がたどたどしく繰り返す。

「そうや、バカンスや。パスポート作って、南の島に行くで」

費用は貯金と見舞金でどうにかなる。仕事は、火事を理由にいよいよ児童相談所の観察が厳しくなった、と言ってやめればいい。中本さんも喜ぶことだろう。

あの人に会えるだろうか。小さな南の島ならば、行ったその日に会えるのではないか。花恋を見せてあげたい。あたしが産んで、一人で育てたのだと言えば、あの包み込むような優しい笑顔で、よくがんばったとほめてくれるに違いない。

あの人のいる南の島、トンガ王国に行こう——。

＊

震災で家と父をなくした、母とあたしと弟は、県立M高校で避難生活を送っていた。二年B組の教室をあてがわれ、うちを含め、五家族、計二〇人がそこで寝起きをともにしていた。家族単位の平均年齢が一番低いせいか、大黒柱を失った頼りない集団であるせいか、話し合いが持たれた様子がないまま、一番ドアに近い二畳分がうちのスペースになった。

寒さに震え、余震に震え、ぐっすり眠れた夜など一日もなかった。そのうえ、少し困ったことが起きていた。地震の際に狭いところに閉じ込められたことが原因なのか、ずっと前からそうだったのかはわからないが、同じ教室内に、ドアを閉め切ると過呼吸をおこしてしまうと自己申告する、松木さんというおばさんがいたのだ。そのせいで、二年B組の教室のドアは夜中も一〇センチほど開けられていた。

ドアのすぐ横で寝ていたあたしは、隙間から入る冷気にいつも身を震わせていた。それでも、病気の人がいるのだから仕方がないとあきらめようとした。だけど、あたしだけが我慢すればいいというわけではなかった。うちの隣で寝ている家族、藪中さんちの三歳になる男の子は咳を繰り返し、とても具合が悪そうだった。藪中さんちのお父さんは松木さんが眠ったのを確認すると、ドアを閉めにきた。寝ているところに男の人が近寄ってくるのは少し怖かったけど、ドアを閉めてもらえるのはありがたかった。

だけど、寝息を立てていたはずの松木さんは、藪中さんがどんなに静かにドアを閉めても、一〇分も経たないうちに目を覚まし、ドアを開けにきた。一番近くで寝ているあたしが閉めたと思っていたのだろう、耳元で、余計なことをするんじゃないよ、とすごまれたことがある。聞こえなかったことにしようと、目をギュッと閉じたけれど、寒さのせいなのか、怖ろしさのせいなのか、心臓がバクバクと高鳴って吐きそうになった。

藪中さんちの子どもの咳はどんどん酷くなっていった。そして、ある晩、藪中さんがドアを閉め、松木さんがドアを開けにいくと、いい加減にしろ、と藪中さんが声を張り上げて怒鳴りつけたのだ。

——閉め切った場所にいられないなら、あんたが廊下で寝ればいいだろう。

関係のないうちの弟が母にしがみつくくらい、怒気をおびた大きな声だった。しかし、松木さんもひるまなかった。

——やかましい。こっちは命がかかってるんだ。寒いのはもとからなのに、わたしのせいにするんじゃないよ。

——ならせめて、あんたが戸口で寝ればいいじゃないか。隙間風の一番届かない奥を陣取って、何が命だ、ふざけんな。だいたい密閉状態が怖いなら、ドアじゃなくて、あんたの頭の上にある窓を開ければいいじゃないか。

——窓とドアは違うんだ。

松木さんは新鮮な空気が必要なのではなく、部屋が密閉されていないという安心感が欲しいだけなのだろう。両者どちらも譲らず、見回り隊のおじさんたちが止めに入り、ようやく騒ぎは収まった。

毎晩、どこかしらでもめ事が起こり、有志で見回り隊が結成されていたのだ。

結局、藪中さん一家が体育館に移ることになり、あたしはドアから二メートルほど奥で寝られるようになったが、寒さはさほど変わらなかった。

先に体調を崩したのは母だった。母をゆっくり寝かせるために、おにぎりや弁当の配給で二人分頼むと、融通のきかない役場の職員は、もう一度並び直すようにとあたしに言った。嘘をついて二人分もらおうとしているわけではないのに、とやりきれない気持ちになったが、実際に嘘をついて多くもらっていたり、それに気付いた人が責め立てて、殴り合いのけんかが生じたこともあるのだから、仕方のないことではあった。

避難所を取り巻く、ぴりぴりとした空気は日を追うごとに濃くなっていた。

ボランティアグループの人たちがやってきて、温かい豚汁などをふるまってもらえるのは嬉しかったが、食べ物がかかわる場所には何かしら問題が生じ、文句を言う人や怒鳴る人がいたので、列に並ぶだけで、何も起こらないうちから、脇腹の辺りがしくしくと痛むようになってしまった。

今でも、行列に並ぶのは苦手だ。

食べ物関係以外のボランティアの人たちもたくさん来てくれたが、それも少しばかり苦手だった。特に、お話聞きます隊、という人たちは。

――何でも好きなことを言ってみて。地震のときどんな気持ちだったかとか、ここでの生活がもっとこうなるといいのになとか。

なぜ、初対面の人にそんなことを言わなければならないのかわからなかった。この人に松木さんが毎晩ドアを開けることを愚痴っても、どうにかなるはずがない。ないです、と答えると、露骨にがっかりした顔をされた。母は、ボランティアの方々が作ってくださった豚汁のおかげで元気が出ました。各教室に飾られた、全国から届いたという千羽鶴にも勇気をいただいています。などと答えたあと、こういうのでええんやろか、と訊き手に確認をしていた。

しかし、こういったボランティアが来てくれたことを、喜んだ人も当然いる。松木さんは自分の病気を周囲が理解してくれないことを切々と訴えていた。

いつまでこんな生活が続くのだろう、と脇腹を押さえながら、グラウンドの片隅に弟と並んで座っていたときだ。新しいボランティアの人がやってきた。

縦にも横にも体の大きい、浅黒い肌をした、くるくるヘアーの外国人。トンガ王国から日本にやってきたという、セミシさんが。

赤いドッジボールを空高く、ポーンとほうり投げたのだ。太陽と重なりあうくらい、高く、高く——。

KINGDOM OF TONGA / TONGATAPU ISLAND

飛行機ごと吸い込まれてしまうのではないかと怖くなるほど、海が青い。

「花恋、見てみ。太平洋のど真ん中やで。広いなあ。でっかいなあ」

半目でうとうとしていた花恋が、くびを伸ばして窓の外を見る。

「うん、でっかいな」

それほど感激している様子はない。せっかく高いお金を払って、飛行機に乗せてやったというのに。

「色も濃いやろ。海の青の素や。味の素ちゃうで。青のかたまりがこの海の中にあって、そこから地球中の海に広がっていってるんや。せやから、花恋の知っとる瀬戸内海はここより青が薄いんやな」

「そうなん？　バスクリンみたいやなあ」

今度は興味を持ったのか、窓に頬をひっつけながら、海を見下ろしている。こんなでたらめを子どもに教えてはいけません、と児童相談所の中本さんに怒られそうだが、機内に日本人の姿はない。でたらめの言い放題だ。

「見てみ、花恋。島が見えたで。平べったいなあ。山がない島なんて、ママも初めて見るわ。緑色は椰子の木やな。多分、あれがトンガタプ島やで」

セミシさんの住む南の島。トンガ王国にあと数十分で到着する。

セミシさんは二週間ものあいだ、毎日、避難所に通い続けてくれた。だけど、いつまでもボランティア活動をしているわけにはいかないらしく、お別れの日がやってきた。東京に帰ると言っていたので、また来てくれると自分に言い聞かせたが、悲しくてたまらなかった。セミシさんは子どもたち一人一人と指きりをして、トンガの写真を一枚ずつ持たせてくれた。太陽の光が降り注ぐ、砂浜の写真だった。

アル・ア・エ。セミシさんに教えてもらったお別れの言葉を大声で叫びながら、手を振り見送った。

それから一週間後、あたしたち家族も避難所を出た。亡くなった父の親戚がつてを頼って、アパートを探してくれたからだ。やっとぐっすり眠れるのだという嬉しさが込み上げてきたが、セミシさんがまた避難所に来てくれても、もう会えないのだな、ということだけが寂しかった。

クッキーの缶で作った宝箱に入れていたトンガの写真を、時折、取り出して眺めていたが、次

第にその回数も減っていった。町の復興とともに、あたしも普通だと思える日常生活を送れるようになっていた。

セミシさんのことを、再び思い出し、ふとした瞬間に思いを馳せるようになったのは、あたしが県立M高校に進学したからだ。いい思い出も嫌な思い出も入り混じった複雑な場所ではあるが、あたしが住んでいた学区の公立で、学力に見合い、通学も便利だったのがM高校だったのだから仕方ない。

二年生では、B組になってしまった。自分の寝ていた場所やドアを眺め、あの頃のことが頭の中に蘇って心臓がバクバクしはじめると、セミシさんのことを考えるようにしていた。お守り代わりに、トンガの写真をクリアファイルに挟んでいると、あるとき授業中に英語の宮田先生に気付かれ、授業が終わったあと、ここに避難していたのか、と訊かれた。

見回り隊にいたおじさんだ、と気が付いた。宮田先生はセミシさんのことをよく覚えていた。セミシさんはあれから半年後、トンガに帰ることになったと報告をしに、わざわざこの学校を訪れてくれたらしい。

——会いに行きたいなら、英語をしっかり勉強しておくんだな。

トンガはイギリスの保護国だった時代があるため、トンガ語以外の公用語は英語なのだと宮田先生に教えられた。ぷらぷらと目的なく過ごしていたあたしはその日から、英語だけはまじめに勉強するようになった。

眼下に見えていた小さな島はトンガタプ島ではなかったようだ。もっと広大な椰子の木林が迫ってきている。

「花恋、もうすぐ着くからな」

「はあい」

花恋は膝を折ってシートにのせていた足を降ろし、サンダルをひっかけた。

トンガ時間、午前一一時。倉庫のような建物で入国審査を済ませ、外に出る。宿は決めていない。日本からネットで予約がとれるような豪華なところじゃなくても、街中へ行けば、いくつか格安で泊まれるゲストハウスがあるようだ。花恋となら、その程度のところで十分だ。二人分くらい、飛びこみでどうにでもなるだろう。

それにしても、何もない。椰子の木しかない。一国の玄関口だというのに。

もしかすると、今日中にセミシさんに会えるんじゃないだろうか。

「ここ、どこ」

花恋がビビった様子であたしのシャツの裾を握り、きょろきょろしている。飛行機を乗り継いでここまで来たのだから、日本でないことは認識しているのだろうが、花恋が思い描いていた外国とは違うのかもしれない。

「おすもうさんがいっぱいいる」

五歳なりに、うまいところをついてきた。縦にも横にも大きい人たちがわんさかいる。セミシさんを見たとき、大きいなあ、と感心したが、この中に混じれば、彼はスリムに見えそうだ。

「武蔵丸のパパさんはこの国の人なんやって」

一五年前にセミシさんに教えてもらったことを花恋に言っても、キョトンとするばかりだ。そういえば、最近は南の島出身の力士を見かけない。

タクシー乗り場に行く。日本のように一台ずつ順番にくるわけではない。運転手らしきトンガ人男性が客引きにやってくる。制服を着ていないので、誰が正式なタクシードライバーなのかわからないが、きっと、正式な資格などないのだろう。丸中タクシー、と車体に日本語で書いてある車がある。これにしよう。

運転手は当然、日本人ではない。陽気なトンガ人のおっさんだ。日本人か中国人かと、下手くそな発音の英語で訊かれ、日本人だと答える。おっさんは知り合いがいると言って喜んだ。ケイコを知っているか？　いったい、日本に何人ケイコがいると思っているのだろう。知らない、と答えると少しがっかりしたようだった。

今度はこちらがおっさんに訊ねる。

セミシを知ってる？

どこのセミシか、と訊き返される。どこの？　トンガのセミシだ。どこの村かと訊かれても、名字は何かと訊かれても、さっぱりわからない。そうだ、と一つ思いつく。

一五年前に日本に行っていたセミシです。

何をしに行ったのだ、と訊き返される。仕事？　留学？　そろばん？　ラグビー？　親切に例をあげてくれても、あたしにはセミシさんが日本に何をしにきていたのかわからない。年齢的には仕事のように思えるが、二週間もボランティア活動をしてくれていたのだから、時間に融通のきく、留学のような気もする。

わからない？　と訊かれ、くやしいけれど、認めた。

トンガにはセミシという名前の男性がたくさんいるらしい。メニメニメニメニと四回続けたくらいなので、相当いるのだろう。セミシはトンガ語読みで、英語に直すとジェームスになるという。そりゃあ、メニメニいるに違いない。あたしの質問は、おっさんのケイコを知っているかと、同じだったのだ。

まったく、なんということだろう。トンガタプ島も思っていた以上に広い。空港を出てから三〇分ほど経っているはずなのに、街中が近づいている気配などまったくないのだから。

今日中に出会える？　街でばったり出くわす？　――ありえない。

アホか、あたしは。

花恋は開いた窓に両手をひっかけて、外の景色を眺めている。

あたしはバカンスに来たのだ。セミシさんにはついでに会えるといいな、と思っていただけ。そうとでも思わなければやってられない。なのに、街に着いても、リゾートらしさを感じるものは何もなかった。

市場で青地に白のハイビスカス柄のパレオを買う。白サンゴをハイビスカスの形に彫ったペンダントを買う。

トンガに来てまで、節約なんかしない。

椰子の実にストローが刺さった飲み物を買う。ぬるくて、まずい。バナナケーキとミートパイを買う。まあまあ、おいしい。ボンゴというスナック菓子を買う。バーベキュー味。花恋はこれがお気に入りのようだ。

海辺を歩く。砂浜に降りる。砂が白い。海が青い。空が高い。だからどうした。水平線が広がっている。地球は丸い。世界は一つ。だからどうした。

「ママ、おしっこ」

これがあたしの現実だ。

観光案内所に立ち寄り、ゲストハウスを探す。「Naomi's Guest House」と日本人らしき名前のついたところがある。値段は他のゲストハウスよりも高いが、ここにしてみようか。設備の欄に、温水シャワー、とわざわざ書いてある。書いていないところは水しか出ないということだろう。一日一度の温かいお湯は必要だ。からだからはえてくるトゲを抜いてくれるのだから。バスタブもほしいところだが、日本円で一泊二〇〇〇円程度のゲストハウスにそこまでは要求できない。

あとはやはり、オーナーが日本人女性と書かれているところが魅力的だ。あたし一人なら言葉に困らない。だけど、花恋がいる。トイレの場所くらいは自分で訊けるところでなければ、二四時間、べったり一緒にいなければならないことになる。

仕事を辞めて半月、花恋とビジネスホテルで暮らした。買い物に出たり、パスポートの申請に行ったりするあいだ、三時間ほど置いていけたのは、よかった方なのだと旅が始まってから思い知った。まだ日本を離れて三日しか経っていないけど。

公衆電話から予約を入れる。トンガ人らしき女性が出た。トンガに来て数時間しか経っていないが、この国の人の英語の話し方の特徴がつかめた。ローマ字発音が多分に混ざる。大人一人と子ども一人、五歳の子どもは宿泊費がいるのかと訊ねると、子連れの客の対応をするのは初めてだったのか、知らない、と返された。続きはない。

知らない、はないだろう。調べるので少し待ってくださいとか、オーナーに確認しますとか、客商売なのだからもう少し丁寧な対応をしてもいいのではないか。知らないとしても、直接来てオーナーに訊いてくれとか、何かしら添える言葉はあるはずだ。

それとも、そういうことはこちらから言わなければならないのだろうか。

料金をとられてもとられなくても、どちらでも構わないから、ベッドは二つ空けておいてくれと頼むと、イーヨ、と言われた。日本語ではない。トンガ語でイエスの意味だ。

宿泊の予約を入れたあと、リゾートアイランドツアーをみつけた。ちゃんとリゾートと名の付くものもあるではないかと、気分が沸いてくる。三ヶ所あり、どこもこの近くの港からボートで一時間ほどでいける。全体がリゾート施設になっている、小さな島のようだ。日帰りと宿泊の両方があるが、宿泊はかなりいい値段だ。どんなところかわからないのに、宿泊で申し込むのはもったいない。彼氏と一緒なら別だけど。とりあえず行ってみて、泊まりたいと思えばその場で頼めばいい。

アタタ島という、リゾートアイランドの中では一番大きな島の、日帰りツアーを申し込んだ。

「ママ、ねむい」

花恋が目をこすりながら言う。時差ボケか、と少し考え、なわけない、と一人つっこみをする。トンガ時間で午後四時。日本との時差は四時間。おまけにこちらの方が早いから日本時間で午後零時。まだ昼寝の時間でもない。

しかし、長旅で疲れてはいるのだろう。ゲストハウスに向かうことにした。

相部屋のベッドを二台使うということで、花恋の宿泊料も大人の半額とられた。

ゲストハウス入口の受付カウンターにはトンガ人の女の子が座っていた。名乗ると、ウエッと言いながらカウンター奥のドアを開け、ナオミ、と呼んだ。もしかして電話のときも同じところにいたのではないか、と疑ってしまい、正也を思い出した。

リモコンとって、と頼んでも、くるっと見渡して視界に入らなければ、ないよ、と答える。テーブルの上の雑誌を持ち上げたり、クッションを寄せてみたりといった、ほんの少しの手間をすべてはぶいての返事だ。

ナオミさんはトンガ人になりつつある日本人といった、日焼けして、貫禄のある体型をしていた。髪をオールバックで一つに束ね、額が広く、とても、かしこく、厳しそうな顔立ちをしている。

「親子連れでトンガ旅行ってめずらしいですね。誰かに会いに来られたんですか?」

名字も、住所も、職業も知らないセミシさんです、とは言えなかった。おまけに、ここにきて知ったことだが、トンガには人が住んでいる島が、トンガタプ島以外にも大きいもので、ババウ、ハアパイ、エウア、と三つある。それらのどこかすらもわからないのだ。アホを披露するだけになる。

他の日本人はそういった理由で来るのかと訊ねると、国際ボランティア隊の隊員が数十人いるため、その家族や友人がよくここを利用するのだと言われた。そういえば、正也はそれに参加してみたいと言っていた時期がある。

「あたしはマンションのリフォームの関係で、ちょっとの間、仮住まいをしないといけなくなったんで、それじゃあいっそと、親子二人でバカンスに出ただけです」

「へえ、いいわねえ。フィジーやサモアなんかもまわるの？」

よほど、用がない限り、トンガだけを訪れるという人はいないのだろう。

「ええ、まあ、ぶらっと」

嘘ではない。サモアに行くとは言ってないし、フィジーにはトランジットで一泊したのだから。

「離島に行く場合は飛行機の数が限られてるから、気をつけてね」

「わっかりました」

旅行カバンを肩にさげ、奥に進む。

「あ、そうだ」ナオミさんが思い出したように声をかける。

「野良犬に気をつけて。昼間はわりとおとなしいけど、夜になったら襲いかかってくることがあるから。狂犬病の予防接種打ってきてなければ、特にね」

そんなもの打っているわけがない。ほんの一週間足らずの滞在予定なのに。

「犬だって」

花恋が不安そうにあたしを見上げる。

「大丈夫。ワンって吠え返してやったらええねん」

二階の相部屋に向かった。四人部屋だ。

先客が来ている気配はない。貸し切り状態か。奥の窓際のベッド二つを使わせてもらうことにする。ゲストハウスに夕飯はついていない。一階にキッチンがあった。何か作ってみようか。市場の向いにスーパーがあったはずだ。犬が襲いかかってくるというのはイマイチピンとこないが、用心するに越したことはない。

「花恋、ママ、買い物行ってくるけど、ここで寝とく？」

「行く」

花恋は一度おろしたリュックを背負いなおした。

「スーパーに行くだけやから、置いて行き」

「はあい」とあわてて降ろす。

受付の女の子、メレに買い物に行ってくると伝えると、これを持って行け、と一メートルに少し足りないくらいの棒きれを渡された。これは何だと訊ねると、バウ、ウ……グルグル、とおかしなうなり声をあげたあと、シッシッとつばを飛ばしながら、足元を棒ではらうジェスチャーをした。

犬を追いはらうための棒だと言えばいいのに。

したり顔でわかったかと訊かれ、ありがとうと棒を受け取った。ところで、と訊ねる。メレは英語で何というのか。メアリー、だという。きっと、メレという名の女の子もこの国にはたくさんいるのだろう。

スーパーにはニュージーランドやオーストラリアからの輸入品が並んでいた。バターが安い。しかし当然、おにぎりも弁当も売っていない。棒はどうしたものかと考えて、花恋に持たせて店に入った。そんなものを持って買い物をしている人など、どこにもいない。

「花恋、何食べたい？」

「やきそば」

そうだ、やきそばがいい。セミシさんの作ってくれた……、と店内をひと周りしても、ゆで麺などどこにも置いていない。スパゲティの乾麺ならある。ソースはバーベキュー味と書いてあるのが一番近いのだろうか。キャベツもない。豚肉は大きなかたまりで売っている。こま切れは見当たらない。かつおぶしも青のりも、ある方が奇跡的だ。

「やきそば、却下」

スパゲティの乾麺と缶入りのミートソースをカゴに入れる。

「これも」花恋がボンゴを持ってきた。

「好きやなあ。まあええ、入れとき」

ひらがなもカタカナも、当然、アルファベットも読めないのに、お菓子コーナーに一人で走っていき、目的のものを持ってくるとは、ちゃっかりしたものだ。ほうっておいてもそれなりに、子どもは成長していくのだろう。

水とティムタムというチョコクッキー、オレンジジュースをカゴに入れ、精算をすませた。

スーパーを出ると、道路の向かいに瘠せて目つきの悪い犬が二匹いた。様子を窺うようにこちらを見ている。しかし、やって来る気配はない。豚肉の大きなかたまりを思い出す。あれを買っていたら、飛びかかってこられたかもしれない。

日はかなり傾いているが、街に面している海は日が沈む方向ではないようだ。

首都。日本では東京に当たる街なのに、半日で見て回ることができた。狭い国だ。それなのに、会いたい人がどこにいるのかわからない。狭くて広い。広くて狭い。

「なあ、花恋。別の島にも行ってみようか。クジラが見られるかも」

「くじら？」

花恋が首をひねる。もしかして、知らないのか。これはクジラです、と絵や写真を指差して教えた記憶はないが、メジャーな生き物だ。テレビで見たことくらいはあると思っていた。どうせ憶えていないのだから、と花恋を動物園にも水族館にも連れていったことがない。

正也と水族館に行ったことがある。生まれて初めての水族館だと思っていたが、イルカのショーを見ながら、ふと、ここに来たことがあるかもしれない、と記憶をかすめるものがあった。

イルカショーの会場は入口と出口が別になっている。出口を出たところに土産物屋があり、そこで父は、あたしに小さなイルカのぬいぐるみを、弟にプラスティックのイルカに持ち手がついたおもちゃを買ってくれた。とても嬉しかったのに、弟がスイッチを入れて、ピロピロという音とともに、水色のイルカが光りながら回り出したのを見ると、とたんにそれがうらやましくなった。一度持ちたかっただけなのに、弟は頼んでもさわらせてもくれず、腹がたってつきとばし、母に叱られわんわん泣いた。そんな記憶だ。

小学校に上がる前のことだった。貴重な父との思い出のはずなのに、水族館にどんな魚がいたのか、それらを見ながら父とどんな会話を交わしたのか、まったく思い出すことができなかった。花恋もきっと、すぐに忘れてしまうはずだ。たとえ、クジラを見られても。

目が覚めると、空いていたはずのベッドに使用したあとがあるのに気付いた。ニュージーランドから夜中に到着する便があったので、それで新しいお客が来たのだろう。早起きしていた花恋が言うには、日本人のお姉ちゃんらしい。誰かに会いに来たのだろうか。

旅の理由など人それぞれだ。おもしろそうな人なら、夜にでも、話をしてみよう。

ゲストハウスを出て、海岸沿いを歩き、港に向かう。

アタタ島にはボートで行くと書いてあったが、漁船しかイメージできない。観光客らしき白人が一〇人ほどいる。日本人はあたしと花恋だけだ。日本ではマイナーな国だが、世界的にはリゾート地として有名なのだろうか。ドカーンとそびえるリゾートホテルはないけれど、隠れ家的なところが人気なのかもしれない。

白い帆を張った大きなヨットが港内に入ってきた。赤地に白いプルメリア模様のアロハシャツ、ここでもそう呼ぶのだろうか、を着たトンガ人の男が降りてきて、アタタ行きだと案内した。

「花恋、これに乗っていくんやって。カッコええなあ」

「うん！」

張り切って乗ったヨットのデッキで、花恋はゲロを吐きまくった。電車や飛行機は大丈夫だったし、空港から街に向かうタクシーも普通に乗っていたのに、船の揺れは別のようだ。前方の広いデッキで、潮風に吹かれながら海の青さを堪能してみたかったが、白人たちのリゾート気分を花恋のゲロ臭で台無しにしては悪いので、後方の狭いデッキに座り、濃紺の海に描かれる白い筋をぼんやりと眺めていた。

海は広いな、大きいな。あたしはいったい、何をしているのだろう。

ヨットから降り、皆、思い思いの場所に分かれていった。シュノーケリングを楽しめるみたいだ。南の島に来たというのに、泳ぐという発想がまったくなかった。だけど、そんなことをしている場合ではないし、そもそも、花恋は泳げない。

受付のある中央のコテージで水を買い、花恋に飲ませると、アナと名乗るトンガ人の女性スタッフが、これに横になれ、と椰子の木陰にデッキチェアを広げてくれた。花恋はそこに横向きに寝転がり、目を閉じた。アナはあたしに、これを使え、と木の皮を乾燥させて編んだうちわを差し出した。何に使うの？　という顔をしてしまったのだろう。アナはうちわで数回、花恋をあおいだ。

そういうことね、とうちわを受け取り、ぱたぱたと花恋をあおいでやると、そうではない、とアナはあたしからうちわを奪った。ゆっくりと空気をなでるように、優しく花恋に風を送る。はいはいわかりました、と教えられたようにあおぐと、サイ、と言ってほめられた。グッド、という意味らしい。ちなみにアナは、英語でアンという。これまた、トンガにはたくさんいそうだ。

アナはあたしにも椅子を持ってきてくれた。受付カウンターの奥から、ちらちらと時折こちらをチェックしているので、手を抜かずにあおいでいると、花恋は安らかな寝息をたて始めた。あたしはお姫様の召使いか。

「花恋がいなけりゃなあ……」

溜息しか出てこない。ところが、アナがやってきて、子どもは起きるまでわたしが見ておくから、あなたは楽しんでおいで、と言ってくれた。まったく、なんていい人なんだろう。リゾートホテルだし、世話になるのだし、チップがいるのではないかと気持ちばかりの紙幣を出すと、やさしく返された。

ここはフレンドリーアイランドだから、と。イギリス保護国時代、イギリス人はトンガをそう呼んでいた。そう宮田先生が話してくれたのを思い出した。

とはいえ、何をすればいいのだろう。砂浜に出て、海沿いを歩いてみる。オープンスタイルのバーがある。何か飲もうか。

カウンターに向かうと、同じゲストハウスから来たよね、と背後から声をかけられた。白人の男。見覚えはないが、背が高くてかっこいい。笑顔もいい。何を飲むの？　と訊かれ、あなたのおすすめは？　と訊ね返すと、缶ビールを二本頼み、一本をあたしに差し出してくれた。緑色の缶にＶＢと書かれた、オーストラリア製のビールだ。海に一番近い椰子の木陰のデッキチェアに並んで座り、乾杯をした。ほろにがさが、太陽のもとでは心地よい。

昼間から外でビール。背徳感などどこにもない。目の前にはドカンと広がる太平洋。抜けるような青い空。照りつける太陽。椰子の葉が光を遮り、やわらかな潮風が頰を撫でる。ここでビールを飲まないなんて、世界一のアホだ。

彼は、トニー、と名乗った。カナダのバンクーバーに住むシステムエンジニアで、ひと足早いクリスマスホリデーを楽しんでいるという。

あたしはキョウコ、あたしもバカンス中。そんなふうに自己紹介した。

ビールを飲んでぼんやりと海を眺める。

二本目のビールはあたしが買った。イカレ・タヒという名のトンガ産の瓶ビールだ。味見をしたかとトニーに訊かれ、まだ口をつけていないと答えてから、二本のビールの量が微妙に違うことに気が付いた。片方は口から一センチあたりのところまで入っているのに、もう片方は三センチ下がったところまでしか入っていない。

いい加減さに乾杯、とトニーは多く入った方の瓶を取り、もう一度、乾杯をした。瓶ビールを口飲みするのは、缶以上にだらしなくて心地よい。トンガ語で海のタカという意味のご当地ビールは、濃くも薄くもなく、何も考えずに飲むのにちょうどいい。

退屈じゃない？　とトニーに訊ねる。退屈を楽しみに来ているのに、とトニーが笑う。退屈ほど贅沢なことはない、と。

ああ、その通りだ。花恋が生まれて五年間、退屈だと感じる間などまったくなかった。仕事ではアホみたいに飲んでいたが、こんなふうにのんびりと、誰かと一緒に飲んだ記憶など、遠い果てに消え失せてしまっていた。

それじゃあ、あたしがここにいるのは邪魔じゃない？　とトニーに訊ねた。

一人なら孤独、二人でいるのに何もしないのが贅沢、何もしないにキスは含まれないけどね。僕の方がたくさん入っていたのは、やはりフェアじゃない。半分きみに返していいかい？

素敵なことを言っていると思いきや、急にみみっちくなったなと、少しがっかりした気分で頷くと、トニーはビールを一口含み、あたしの唇のすきまから、ゆっくりそれを注ぎ込んできた。きっとこれは夢なのだろう。

少し多すぎじゃない？　そう言って今度はあたしがビールを含み、トニーの口に注ぎ込む。互いの瓶がからになると、トニーは、宿泊用のバンガローが一棟空いていないか訊いてくるよ、と立ちあがった。そこに。

アナに手を引かれた花恋がやってきた。

「ママ、元気になったよ。花恋、おなかすいた」

魔法が解け、夢から覚める。退屈を楽しんで、とあたしも立ちあがり、花恋を連れてレストランに向かった。

「ハンバーガー、おっきいなあ」

花恋が言う。

同じことを思っていたけど、そうやなあ、と答える気がしなかった。

だけど、トニーは帰りのヨットで、明日からハアパイに一緒に行かないか、と誘ってくれた。キュートなお嬢ちゃんも一緒にね、と。酔わないよう、ヨットに乗ると同時に横になって目を閉じていた花恋は、トニーと二人で海に沈む夕日を眺める時間をあたしにくれた。

ゲストハウスに戻ると、ナオミさんと一緒に日本人の女の子がいた。同室者は彼女らしい。年はあたしより少し下くらい。大学生だろうか。マリエ、という。一人旅でいいご身分だというのに、辛気臭い空気を醸し出している。こういう子は好きじゃない。

訳ありで来ているのかもしれないが、誰かそれに気付いてください、という顔は初対面の人間にするもんじゃない。笑って隠せ。

「どうも、マリエちゃん。あたしは杏子、杏の子。この子は花恋。花に恋する五歳児。あたしら親子でバカンス中やねん。優雅やろ？」

「花恋ちゃん、ケガしてる」

返事はそれかい、と一人つっこみしてみる。フレンドリーに自己紹介してあげたというのに。関西の血は一滴も混じっていないのだろう。ケガ、なんて、右足の甲に小さな切り傷があるだけじゃないか。大袈裟な。

「こっち来てずっと裸足やもんな。大丈夫、大丈夫、寝る前に絆創膏貼っとったろ。な、花恋」

花恋は傷よりも、ボンゴに夢中だ。忘れないうちに、ナオミさんに離島に行くことを伝えておく。ババウかと訊かれ、ハアパイだと答えた。クジラが見られるのはババウで、トニーもそっちに行きたいけど、飛行機の都合で先にハアパイに行っておくことにしたらしい。

「じゃあ、マリエと一緒。よかったわね、杏子さん英語得意だし、行きたいところがあるんなら連れていってもらったら？」

ナオミさんが言った。どうしてこんな頼りなさそうな子を連れていかなければならないのだ。おまけは花恋で十分だというのに。いや、まてよ。

花恋をこの子に見てもらうこともできる。向こうも何かあたしに頼みたいことがあるようだから、持ちつ持たれつだろう。

「よろしくお願いします」

マリエが頭を下げる。

「そういう、堅苦しいのはなしやで」

こちらはワハハと笑って返したのに、マリエは困ったような顔をして、唇の端を少しあげただけだった。あたしもそんな笑い方をしていた時期があったかもしれない。だけど、花恋と二人で生きていくために、毎晩、酒を飲みながらアホみたいに笑っていたら、仕事以外の場所でもこんな笑い方しかできなくなってしまった。

辛気臭いよりは、マシか。

＊

翌日、午前中に四人でハアパイ諸島のリフカ島へ向かい、同じ日の午後、トニーと二人でババウ島に向かった。トニーの提案だった。

少し気が引けたけど、これは五年間苦労をした、ごほうびだと思うことにした。

クジラは見られなかったが、シュノーケリングをして熱帯魚をたくさん見た。

おなかいっぱい、ロブスターを食べた。スイカとパイナップルも食べた。

ババウ島のホテルにナオミさんから電話がかかってきたのは、花恋を置き去りにしてから、二日後だった。

花恋が病院に運ばれた、と言われた。マリエの財布が盗まれていた、とも。

トニーから財布を取り戻し、リフカ島に駆け付けた。

花恋はたいしたことないように見えたけど、実は、破傷風になりかけていたらしい。あたしが予防接種に連れていかなかったせいで。

親の責任を放棄した、と初対面の年下の男に説教をされた。

マリエに二発殴られた。

それでもあたしが許されたのは、一晩中、花恋があたしを呼んでいたからだ。

花恋にゴメンと謝って、トンガタプ島に一緒に戻った。

＊

初めて会ったときから、あたしはマリエがうらやましかった。

自分の意思だけで行動できるのに、ナオミさんに世話をやかれ、あたしにまで頼ろうとしている。おまけに英語はまったくしゃべれない。それを引け目に感じていない。なのに、自分こそがトンガに来る使命があったのだという顔をしている。運命に導かれてやってきたとでも言わんばかりに。

あたしとそれほど年は変わらないのに。あたしは彼女と同じ年のとき、妊娠して、一人で出産して、花恋を育ててきたというのに。

守られる存在である、子どもでいられる彼女がうらやましくてたまらなかったのだ。

三日くらい、花恋を引き受けてくれてもいいじゃないかと思った。あたしに自由な時間をくれてもいいじゃないか。花恋は見えるところに置いておくだけでいいのだから、と。

あたしは花恋を荷物のように扱っていた。

「でも、今更こんなことを言っても、信じてもらえへんかもしれんけど、捨てたいと思ったことは一度もない。手のマメがつぶれて、もう持てん、って落としてしまう前に、ほんのちょっと預かってもらいたかっただけなんや」

花恋は新しく取り直したツインルームのベッドに寝かせている。ナオミさんが日本からおいしい酒が届いたから一緒に飲まないかと誘いに来てくれたが、花恋のそばを離れがたく、そのまま部屋で話をしている。

「マリエちゃんにも、深刻な事情がありそうだけどね。杏子はどうしてトンガに来たの？　本当にバカンスだとしても、パッと思いつくような国じゃないでしょ」

「会いたい人が、おったんです。セミシさんっていう名前しか知らんのに、来たら会えるんちゃうかな思って、アホやろ」

ナオミさんは笑わなかった。

「どんな人？」と訊かれた。

あたしは一五年前に神戸で震災に遭ったこと、父を亡くしたこと、M高校で避難生活を送っていたこと、そこでの生活が辛かったこと、だけどある日、セミシさんという人がやってきて、とても幸せな気持ちになれたことを、ナオミさんに話した。

「セミシさんはね、おかわりをさせてくれたんです。それまでは、不公平になるからって、大人も子どもも同じ分量しかもらえなくて、余ったものは処分されていたのに。セミシさんはそれはおかしいって本部の人に言うてくれたんです。公平に配るからって。どうしたと思います？」

「まずは、三歳までの子でおかわりしたい子はおいで。次は五歳、次は一〇歳。足りなくなったらゴメンね。明日は一一歳からにするから。だけど、一九歳までいったら、また三歳に戻らせてね」

「なんで、わかるんですか？　で……」

どうして、泣いているんですか？　これは口にできなかった。だけど、奇跡が起きる予感がした。

「やっぱり、わたしの部屋に行こう。大丈夫、花恋ちゃんも静かな方がぐっすり眠れるはずだから」

ナオミさんにそう言われ、あたしは花恋に毛布をかけ直した。部屋を出て、同じ階にあるナオミさんのプライベートルームに向かった。

ナオミさんがドアを開けた。明かりを灯したままの室内に――。

セミシさんの姿が見えた。


セミシさんの写真が並ぶ部屋で、あたしは、セミシさんの奥さん、ナオミさんにセミシさんとの思い出を記憶の限り語った。

セミシさんの作ってくれる料理の中で、一番好きなのはやきそばだったこと。普通のソースやきそばのはずなのに、再現しようとすると、なかなかその味に辿りつけないこと。一〇歳だったあたしは子どもの中では年長のような気がして、おかわりはなるべくしないでおこうと遠慮していたのに、やきそばがおいしすぎて、つい、おかわりをしてしまったこと。どうぞ、と差し出されたおかわりのやきそばは、温かく、麺が少しこげておせんべいのようになっているところがあって、とてもおいしかったこと。

「あれはね、だしの素を入れていたのよ。かつおと昆布の合わせだし」

ナオミさんが種明かしをしてくれる。

「でも、スーパーに行ったけど、だしの素なんかありませんでしたよ」

「トンガにそんなもの、ないない。だしとか、うま味っていう概念はないはずよ。だからこそ、セミシはだしの味が大好きで、何にでも混ぜていたの」

「そんな簡単なことやったんや」

セミシさんは子どもたちをラグビー観戦に招待してくれた。神戸から大阪まで、貸切バスに乗り、普段なら三〇分くらいで着くところを、三時間がかりでスタジアムに行って、実業団の試合を一試合だけ見て、また三時間かけて避難所に戻った。

驚いたのは、大阪が何事もなかったかのような状態であったことだ。自分たちのいるところだけが世界と分断されている。どうして自分たちだけが、という取り残されたような理不尽な思いが込み上げてきた反面、食べるものも着るものも底をつく心配などしなくていいのだということがわかり、ホッとしたところもあった。

「子どもたちに気分転換をさせてあげたい、って言ってね。こっちはただでさえ、セミシの仕事の穴埋めをしないといけなくて忙しいのに、バスを借りる段取りをして、試合の主催者に被災地の子どもを無料で招待してもらえないかと交渉したり、走りまわってばかりいたな」

セミシさんは観光開発の仕事のため、日本に来ていたそうだ。しかし、ナオミさんに出会ったのは別のところでらしい。

「気分転換どころじゃない、元気を、生きるエネルギーをもらいました。ラグビーのルールなんてわからへんし、どっちのチームにも縁がないけど、自分で応援する方を決めて、腹の底から声を出して、がんばれ、がんばれ、って言ってました。あれは、本当は、自分や家族に言うてたんじゃないかな」

「それでいいんだと思う。あのときはわたしも同行していたんだけど、子どもたちの顔が行きと帰りとで全然違うのが、本当にうれしかった」

「あ、行きのバスでお菓子とジュースを配ってくれた、スレンダーな美人さんって、もしかして……」

「それ以上、言わなくていいから」

ナオミさんは笑って遮った。それぞれに一五年の月日が流れている、ということか。だけど、セミシさんの時は三年前に止まっていた。癌で亡くなったそうだ。

「お別れの日、セミシさん、子どもたち一人ずつと指きりして、トンガの写真を持たせてくれました」

「ハアタフビーチの写真ね。トンガタプ島の西側にあるビーチで、セミシが大好きなところなの。寒くて震えている子どもたちに温かい太陽をあげたい、っていろいろ考えて、写真をプレゼントすることにしたの」

「あの写真にどんだけあったためてもらったか。宝物でした。でも、あたしにとっての太陽はセミシさん自身でした」

「ありがとうね。そんなふうに思ってくれて。でも、セミシはこんなふうに言っていた」

セミシさんはナオミさんにこう言った。

——子どもは太陽だ。

子どもたちが輝かない場所に、作物は実らない、人は集まらない、町はできない。だけど、どんなに絶望的な出来事が起きても、子どもたちが輝いている限り、そこに未来は必ず訪れる。

「セミシはテレビで被災地の子どもたちの姿を見て、いてもたってもいられなくなって、自分に何ができるかわからないまま駆けつけたの。目的はただ一つ。子どもたちに輝きを取り戻してもらうため。発病して、一日中ベッドで過ごすようになってからは、あのときの子どもたちは今どうしてるだろう、ってよく言っていた。もう大人になっている子もいるだろうけど、みんな、ちゃんと輝けているだろうか。子どもを輝かせられる大人になっているだろうか、って」

自分がなさけなくてたまらない。あたしから輝きを奪ったのは花恋だと思っていたことが。花恋があたしにたくさんの輝きを与えてくれていたことに気付けなかったことが。離れているあいだ、熱帯魚も花恋と一緒に見たいと思った。ロブスターもスイカもパイナップルも、花恋と一緒に食べたらもっとおいしいだろうと、虚しくなった。

一番許せないのは、あたしが花恋の輝きを奪っていたことだ。

「正直ね、今の杏子はダメ人間だと思う。だけど、あんたはこれから変われるって、わたしは信じてる。わたしとセミシのあいだには子どもがいないけど、セミシの思いを受け止めていた子がいてくれたことが、わたしはとても嬉しい。だから、杏子がこれからどんなふうに成長していくのか、どんなふうに花恋ちゃんを育てていくのか、わたしに見届けさせてよ」

太平洋のど真ん中にある小さな国で、会いたくてたまらなかった人には会えなかったが、その人が愛した女性に出会えた。この奇跡に、あたしは感謝しなければならない。これから先も、逃げ出したくなったり、投げ出したくなったり、誰かのせいにしてみたくなったりするときが、きっとあるはずだ。だけど、そんなあたしを見届けてくれる人がいる。

ちょっと怖い、だけど、とても大きくて温かい、太陽のような人が――。

「今度、ハアタフビーチに連れていってください。花恋も一緒に」

「杏子がお弁当、作ってくれるならね」

そう来たか。スーパーには米があった。ツナ缶とマヨネーズも売っていた。海苔は見ていない。あたしが握ったおにぎりを、花恋はおいしいと言ってくれるだろうか。

絶唱

尚美さん、あなたにお伝えしたいことがあって、手紙を書くことにしました。もしかすると、ただ、会いたいだけなのかもしれないけれど。

わたしたちの出会いは、イースターホリデーを二週間後に控えた土曜日の午後。市場で買った、ストローを突き刺した椰子の実を片手に海岸沿いをぷらぷらと歩き、手ごろな椰子の木の下にそれを放り投げようとしたところを、待って！　と後ろから声をかけてきたのが、尚美さん、あなたでした。あなたは黒い大きな犬を連れていた。わたしはあなたに怒られるんじゃないかと思って、ごめんなさい、と先に謝った。

「違う、違う。中身を食べずに捨てるのがもったいないの」

白い歯を出して笑うあなたを、日本語の上手いトンガ人だと勘違いしそうになったことを、今更ながら白状します。日に焼けていたからとか、現地の女性が好む緑色地に白いハイビスカス模様のワンピースを着ていたからとか、髪を一つにまとめてボールペンを突き刺しておだんごにしていたからとか、そういった外見のせいではないと思います。

あなたの姿そのものが、周囲の景色に溶け込んでいたからです。

どんなに大らかそうな人でも、トンガにいる日本人は皆、触れるとパリパリと硬い音のする透明なラップみたいなもので包まれているように、わたしの目には映っていたのに、あなたにはそれがまったく見えなかった。

国際ボランティア隊の関係者や旅行者ではなさそうだ。随分長くここで暮らしているのではないか。失礼なほどじろじろと眺めていたわたしの手から、あなたはジュースを飲み干した椰子の実を取り、持ってて、と犬のリードを握らせると、椰子の実を両手で振り上げ、足元に転がっている一番大きな石の角を目がけて叩きつけた。何度も、何度も。

後にわたしが推理小説新人大賞を受賞することになった『砕ける骨の音』で、主人公の女性が夫を撲殺する様を、腕の筋の浮かび方まで克明に描くことができたのは、このときのあなたを思い浮かべていたからだということを、あなたはお気付きになったでしょうか？

パックリと二つに割られた椰子の実の内側は、半透明のゼリーのような層に覆われていました。半分を受け取ってあなたに倣ってそれを指でこそぎ取り、口に入れると、想像したよりも弾力があり、日本でも食べたことのあるよく似たものを思い浮かべることができました。

「ナタデココだ」

「正解」

今までジュースだけ飲んで捨ててきた椰子の実の数を思い出しながら、夢中になってナタデココもどきを食べていたわたしに、ボランティア隊？　とあなたは訊ねました。わたしは口の中のものをつるりと飲み込んでから頷きました。

「この三月から新しくきた隊員の中に、ミシンの修理ができる子がいるって聞いたんだけど、紹介してもらえない？」

　わたしはベタベタになった手で自分を指さしました。そして、そのまま海岸通りから少し入ったところにあるあなたの家に連れて行かれ、初対面にもかかわらず、ミシンのことなどそっちのけで、日暮れ前から一晩中おしゃべりをしたんですよね。

　リビングの本棚を見て、わたしは興奮し通しだった。だって、尚美さんの海外ミステリの読書量といったら。おまけにすべて原書で読んでいるなんて。あなたは語学にまったく自信がないと打ち明けたわたしに、一冊選んで貸してくれました。

「すごく面白いのに、まだ日本語訳されてないの。英語版しかないと開き直ったら、最後まで読めるかもしれないでしょう？」

　発破をかけながらも、きっと、すぐにあきらめると思っていたんですよね。なのに、日数は要したけれど、わたしは訳した文を全部ノートに書いて持って行った。あの経験が小説家という今の職業に導いてくれたのだけど、それについてはまた後で。

　尚美さんがミシンの修理を急いでいたのは、イースター前の金曜日、グッドフライデーまでに黒いワンピースを縫うためでした。

　イースターといえば、卵に絵を描くお祭りというイメージしかない、と伝えると、一緒にパレードに参加しないかと誘ってくれましたね。楽しそうな響きでしたが、服装は黒いワンピースで。まさか、トンガで喪服に袖を通すことになろうとは、考えてもいませんでした。

　当日は、暑くてたまらなかった。喪服とはいえ、パレードというからには軽快なものを想像していたのに、キリストが十字架にかけられて亡くなるまでの全一四エピソードを、一つずつ、街の大通りで青年団が演じては練り歩く後ろから、ぞろぞろと付いて行くというものだったなんて。初めは興味深く見ていた寸劇も、中盤辺りから立っているのが精いっぱいで、結局、どんなふうにキリストが亡くなったのか、わたしにはわからずじまいです。

パレードの最中に貧血を起こして倒れてしまったわたしを、尚美さんは背負って自宅に連れ帰り、洗い立てのシーツを敷いたベッドで寝かせてくれたあと、フレンチトーストとパイナップルジュースを作ってくれましたね。分厚く切った柔らかい食パンの中の中まで甘い卵牛乳がしみ込んで、おいしくてたまらなかったのに、わたしはフォークを置き、ごめんなさい、とだけ言って逃げ帰ってしまいました。

立花静香《たちばなしずか》のことを思い出したのだと……、あのときのわたしは話していませんね。

静香は大学のミュージカル同好会で知り合った友人です。創設したばかりだというマイナーな同好会は部室を探すのも一苦労で、子どもが作った宝探しの地図よりいい加減なチラシを片手に無事辿りつけたのは、同学年ではわたしを含めてたったの三人でした。

鑑賞するのが好きなわたしとは違い、演じることが目的だった、音楽学部声楽学科の静香の歌声は本当にすばらしかった。活動内容の定まっていない同好会にわざわざ入らなくても、オーディションを受ければ、今すぐにでも、それなりの劇団に受かるのではないかと言うと、世の中そんなに甘くないからね、と天使が歌うようにはぐらかされたことがあります。

もう一人の同級生は、増田泰代《ますだやすよ》です。彼女もわたしと同様、鑑賞目的で入りましたが、音楽学部器楽学科で、ピアノやバイオリンの腕前はかなりのものでした。静香は泰代の伴奏で歌い、わたしはそれを聴くのを週に一度の楽しみとしていました。

　同好会の活動は週一でしたが、三人で夕飯を食べたり飲みに行ったりすることはそれ以外にも月に二度くらいの割合でありました。静香は奈良、泰代は鳥取、わたしは岡山と、三人とも地方出身で一人暮らしをしていました。静香と泰代は特急列車が停まる阪神西宮駅に近いワンルームマンションに住んでいたのに対し、わたしは準急列車がかろうじて停まる阪神武庫川駅からさらに川沿いに徒歩一五分北上したところにある、築五〇年の木造二階建てアパート「かえで荘」に住んでいました。だから、三人で会う時は大概、西宮駅が拠点となっていました。時計を気にしなければならないのは、わたしだけです。

　大学二年生の秋頃、ある夜のことです。三人とも普段の一〇〇倍は笑い上戸になっていて、何が可笑《おか》しいのかケラケラと笑いながら普段通らない道をひたすら歩き続け、名前もなさそうな小さな浜辺に辿りつくと、そこが自分たちの劇場だと言わんばかりに、大声で歌い出しました。信じられないかもしれないけれど、お酒は一滴も飲んでいませんでした。

　夕方、泰代が急に喫茶店のナポリタンを食べたいと言い出し、西宮駅前から商店街にかけてさんざん彷徨《さまよ》った末、商店街から自転車がぎりぎり通れるほどの路地に入り、なんとなく海側に向かってあみだくじのように歩き続けていると、営業しているのかどうかもわからない、元は白だったと思われるグレーの壁に蔦《つた》のからまった喫茶店を見つけ、ダメ元でドアを開けて訊ねたところ、ナポリタンやってるよ、と仙人のようなおじいさんに言われ、作ってもらったのです。

　おまえの職業は何なのだと、ボキャブラリーの貧弱さを笑われてしまうかもしれないけれど、美味しかった。すごく、美味しかった。

でも、何か怪しいものが入っていたのかもしれない。その証拠に、わたしたちは笑いが止まらなくなった。おまけに月はまん丸で、わたしたちは本当に魔法をかけられていたのかもしれない。だって、このわたしが歌ったのだから。

わたしが音痴なことは、尚美さんが一番よくご存じですよね。

静香が『キャッツ』の「Memory」を歌うと、泰代が、わたしも歌いたい、って『オペラ座の怪人』の「Think of me」を歌い始めて。澄んだ声で音程もぴったりで、静香ほどではないけれど充分に上手かった。

何だか自分も、今ここでなら彼女たちみたいに歌えるんじゃないかと根拠なく思えてきて、わたしも！　と手を上げてしまいました。二人に囃《はや》し立てられ、歌い出したのは『屋根の上のバイオリン弾き』の「Sunrise Sunset」でした。ワンフレーズ歌うと、何だ、上手いじゃん、と二人ともが褒めてくれました。わたしがこの歌をどうにか音程を外さずに歌えるのは、頭の中で別の声が流れるからです。それに付いて歌えばいい。

尚美さんに物語の説明はしたものの、当時のトンガはネット環境があまり整っていなくて。その後、観られましたか？　「Sunrise Sunset」は劇中、三姉妹の長女の結婚式の場面で歌われます。三パートあって、最初が両親、次が長女夫婦、その次が妹たちだったと思います。うろ覚えでごめんなさい。何せ、わたしがこの作品を観たのは一回だけなので。だけど、歌は高校の音楽の時間に何度も歌いました。先生がミュージカル好きだったんです。

わたしが最初のパートを歌い終えると、泰代が次のパートを歌い出しました。そして、静香。最後の合唱のところは三人で歌いました。波音が盛大な拍手のように聞こえて、それから、潮が引くように正体不明の可笑しな気分が消えていきました。でも、ぽっかりとできた空洞の中は温かい空気みたいなもので満たされていて、わたしたちは上機嫌のまま、浜辺を後にしました。とにかく山側を目指して歩き、線路に合流して、駅まで戻ることができましたが、終電はとっくに出たあとでした。

その夜は、静香のマンションに泊めてもらうことになりました。泰代には半同棲をしている彼氏、田中くんがいたからです。初めて訪れたお洒落なマンションの三階にある静香の部屋には、ミュージカル映画のビデオテープがたくさんありました。その中から二人で自然と『屋根の上のバイオリン弾き』を選び、それを見た後、布団も敷かずにスコンと眠りこけました。

翌朝、わたしは甘い香りで目を覚ましました。静香がフレンチトーストを焼いてくれていたのです。

すみません、ここでようやくフレンチトーストの登場です。

背が高く、背筋がキュッとのびた静香は、頭の切れるお嬢様といった雰囲気をまとっていて、朝食にフレンチトーストというのは彼女らしいなと思いましたが、静香自らが料理している姿は想像しがたいものがあったのに、赤いギンガムチェックのエプロンを付けて「Sunrise Sunset」を口ずさみながらフライパンに向かう姿は、それこそが彼女の自然体のように見えて、こんなに素敵な子だったんだなあ、と半分ねぼけた頭でうっとりと眺め続けてしまいました。

「わたしが男だったら、絶対にしずちゃんのこと好きになると思う」

しずちゃん、わたしはそう呼んでいました。呼び捨てにするのが苦手なのです。でも、この時のわたしは熱々のフレンチトーストを頬張りながら、これまでのどの時よりも彼女に気を許しきっていたはずです。

「そうじゃないでしょう」

静香はいたずらっぽく笑いました。何かおかしなことを言ったかと、わたしは首をひねるばかりです。

「『Sunrise Sunset』を上手に歌う男の子のことが好きだったんじゃないの？」

どうして？　と声に出さなくても、静香ならフリーズしてしまったわたしを見て察したはずです。わたしは頭の中をフル回転で巻き戻すのに必死でした。ミュージカルの話は会えばいつでもしていたけれど、『屋根の上のバイオリン弾き』はあまり話題に上ったことがない。ましてや「Sunrise Sunset」を歌ったのは昨夜が初めてだし、歌ったからといって、これが一番好きな曲とは口にしていないし、好きになった理由など、仄《ほの》めかしもしなかったのに。

静香は一段高いところから、わたしを観察しているのかもしれない。そう思った途端、彼女を怖いと思いました。歌も楽器も苦手なのに、ただミュージカルが好きとはしゃいでいるわたしのことなんか、軽蔑しているのかもしれない、と。

「確かに、音楽の時間にこの歌が上手な男子がいたけど、だからって好きとかじゃなかったな。そもそも、ろくに口も利いたことなかったし」

まったくの事実でした。だから、静香に見抜かれることを怖いとはもう思わなかった。静香も、ふうん、と言っただけです。その後再び、フォークを手に取って口に運んだフレンチトーストは、少し冷めていたけどそれでもやっぱりおいしかった。でも、結局わたしは静香に、おいしい、と言わずじまいです。

そして、尚美さんにこの手紙が届くことがないのと同様、静香にこの言葉を伝えることは二度とできません。

どうしてわたしはおいしいものをおいしいと言えないのだろう。優しい言葉をかけられても、これは本心だろうかと疑ってみたり。楽しい時間を一緒に過ごしても、満足しているのは自分だけじゃないだろうかと虚しくなったり。労わりの言葉をかけられても、社交辞令に違いないと自分に言い聞かせたり。

尚美さんにもフレンチトーストのお礼を言っていないままです。わたしは「ごめんなさい」は何度も口にしてきたけれど、この言葉が「ありがとう」の代わりにも、好きだとか大切に思っているといった感情を相手に伝える手段にもならないことを、四〇歳を超えてようやくわかってきました。本当に、今更なのですが。

でも、尚美さんはそんなわたしを見捨てなかった。翌日、職場の人たちと一緒に作ったグアバジャムを持参して、ごめんなさい、と頭を下げに行ったわたしに、尚美さんはこう叱ってくれました。

「うちはチェルシーがいるから、残しても大概のものなら大丈夫だけど、余所で出されたものはちゃんと全部食べなきゃだめよ！」

書きながら、犬の名前も今思い出しました。あの頃の記憶は鮮明に残っているようで、実はこぼれ落ちているものも多いのだということを思い知らされます。チェルシーは確か生後一年くらいのメスでしたよね。イモやスイカ、チョコレート、本当に何でも食べていました。昨日はどうしたの？　何か辛いことでも思い出したの？　そんな質問をされなかったことにどれほど救われたことか。でも、チェルシーすごいね、ともう終わったことのように振舞っていたわたしが、心のどこかでそんな言葉を求めていることも、しっかり見抜かれていました。

「ちょっとくらいみっともないところを見せちゃったからって、いつまでも気にしないの。若いんだから。それにね、わたしは国際ボランティア隊の子たちがみんな立派だなんてこれっぽっちも思ってない。大概が自分のために来ているんだから。かといって、途上国の発展に尽力したいという理由でやってきた子がえらくて、何かから逃避するためにやってきた子がダメだと言ってるんじゃない。重要なのは、ここで何をするかでしょ？」

思い切り慰められ、背中を押してもらったのに、このときもわたしは胸の内でうじうじと悩んでいたのです。トンガに来てまだひと月足らずだけど、職場で自分が求められているようには到底思えないんですよね、と。

そもそも、わたしはどうして国際ボランティア隊に応募したのか。それには、やはりあの震災のことを書かなければなりません。いや、初めから今日はこのことを書くつもりだったのです。

本当に長い前置きになってしまいました——。


阪神淡路大震災が起きたのは一九九五年の一月一七日。

当時、わたしは兵庫県西宮市にある大学の四年生。部屋の窓から武庫川の河川敷を望むことができる、古いアパートの一階の部屋に住んでいました。

大学では家政学部被服学科に所属し、世間では、バブルがはじけ就職氷河期を迎えたと言われていましたが、運よく関西地区をメインに展開する丸福デパートに内定を得ることができました。

学科、アパート、アルバイト、同好会。これまでの人生における対人関係運をすべて大学時代に持ってきたのではないかと思うくらい、優しい人たちに囲まれて、人生の夏休みという言葉がぴったり当てはまるような日々を、今振り返ってみれば、送ることができていたのではないかと思います。

大学時代が快適なのは、嫌いな人や合わない人を避けて生活できるからではないでしょうか。小学校にも、中学校にも、高校にも、自分とソリが合わない子はほうっておけばいいのに、全力で排除したがる子が必ずいました。どんなに避けようとしても、同じ教室で過ごし、何かしらの共同作業をしなければならず、そうなればもう、こういうものだとあきらめるしかありません。社会人もまた然りです。

バイキング形式の料理のように、好きなものを好きなだけ取ればいい。自分のペースで生きていける、それが大学生だと思います。でも、そんな考えでいたからこそ、わたしは取り返しのつかないことをしてしまった。

あの日の出来事を順に追っていきたいと思います。

わたしが通っていた大学では、その年、一月一七日が卒業論文の提出日となっていました。締め切りは午後〇時です。わたし自身は一六日の昼までに出来ていたのですが、同じアパートに住む同じ学科の友人、黒田《くろだ》郁子《いくこ》がまだ半分も終わってない上、逆算すると、一人ではどうしても間に合わない状態だというので、もう一人の同アパート、同学科の友人、笠井《かさい》美香《みか》とともに、ワープロ持参で二階にある彼女の部屋に行き、小さなこたつに三人で向き合い、夜通し、キーボードを叩き続けていました。

おしゃべりをしている余裕などなく、おなかすいた、シチューの残りがあるよ、といった短いやりとりを繰り返していただけでしたが、どうしてこんな手伝いを、といった不満はまったくありませんでした。自転車でほぼ毎朝一緒に登校し、アパートでは鍋を一緒につついたり、体調を崩せばおかゆを運んでくれたり、好きな男の子の話を夜通ししたり、誰かが失恋すればヤケ酒を一緒に飲み合ったり、家族とまではいかないものの、彼女たちはわたしにとって一番頼れる存在でした。郁子も美香も地元での就職が決まっていました。彼女たちとの生活ももうじき終わってしまう。そう思うと、内容が何であれ、一緒に過ごせる時間が愛おしいと思えたのです。

作業が一段落したのは明け方四時を過ぎた頃でした。あと二時間もあれば完成すると見通しがたてば、自然と口が緩んできます。わたし以外の二人には付き合っている人がいたので、まずは彼女たちの近況報告が始まり、そのうち、わたしに話が振られました。

「同級生の彼に電話した？」

「ううん、まだ。というか、しないと思う」

ひと月前に当たる九四年の年末、わたしはアルバイト先で高校時代の同級生と偶然再会していたのです。ＪＲ大阪駅に近い居酒屋『魚魚魚』は全国展開をしているチェーン店で、値段も手ごろなため、一二月に入ってからは平日も連日満席の大盛況で、四年生になってかなりシフトを減らしてもらっていたわたしも、一二月からは毎日のように入っていました。笑顔で元気に接客、がモットーでしたが、客の顔を一人ずつ見ている余裕などありません。飲み物や料理をひたすら運ぶ。それの繰り返しで、忘年会か合コンといった大学生一〇人余りのグループに飲み物を運んだときも、ほとんどテーブルの上しか見ていませんでした。

いいえ、そうではありませんね。普段から人の目をあまり見ていないことは、わたしの一番大きな欠点です。

ジョッキをまわしてくれたらいいのに、と思いながらテーブルを回って一人ずつの前に置いていると、最後から三人目の時にいきなり、「土居《どい》さん？」と名前を呼ばれたのです。顔を上げなくても、声の主に思い当たることができました。

「あ、高原《たかはら》くん」

毎日顔を合わせているかのように答えてしまいました。ほぼ、四年ぶりだというのに。えー、うそ、なんでなんで、すごーい。別の同級生になら、さほど親しくなかった相手でもそんなふうに言ったかもしれません。

「バイト？」

高原くんも淡々とした口調で訊ねてきました。うん、と答え、隣とその隣の人の前にジョッキを置き、ごゆっくりどうぞ、とその場を去りました。こんなところで会うなんて、とドキドキし始めたのは厨房に戻ってからで、元気？　とか、今何してるの？　くらい言えばよかったと後悔し、次に何か運ぶときにはせめて笑いかけるくらいしてみようと決めたのに、そのまま洗い場にまわることになってしまいました。

でも、五分もしないうちにこれでよかったのだと思いました。向こうだって、別に嬉しそうにしていたわけじゃない。知った顔がいたから声をかけた、それだけのことだ。

再びホールに出たときには、もう、高原くんたちのグループは帰ろうとしているところでした。ありがとうございました、とマニュアル通りのかけ声を上げると、高原くんが振り返り、目が合いました。そして、こちらに向かってやってきたのです。わたしの手にゴミのようなものを握らせ、よかったら、と喧噪《けんそう》にかき消されそうになるくらい小さな声で言うと、グループのメンバーを追いかけるように店を出て行きました。

握った手を開くと、タバコのパッケージを千切ったものがありました。そこに、電話番号が書いてありました。手帳のあいだにはさんで大事に持ち帰り、さっそく電話をかけてみようとしましたが、どう切り出したものかとわからなくなり、二階に駆け上がったのです。

「高校生のときから千晴《ちはる》ちゃんのことが好きだった、とかそういうのじゃないの？」

ミルクティーを片手に郁子も美香も大はしゃぎでしたが、彼女らが妄想を膨らませるほど、わたしは冷静になりました。田舎の同級生に会ったついでに、同窓会などのために一応連絡先を渡しておこうと思っただけだと、早々に結論付けました。

「それなら、高校のときに言ってくれたらいいわけだし、だいたい、そんな気配まったくなかったもん。それに……」

当時の卒業アルバムには住所録が掲載されていました。その気があれば、卒業後だって連絡を取ることはできます。友人たちに断言すると、期待しないように自分自身を納得させ、電話番号の紙は手帳から取りだされることがないままでした。

そして、あの日の明け方までこの話題が出ることはなかったのですが……。

「でも、もうすぐ誕生日だし、ご飯食べようって誘ってみてもいいんじゃない？　わたしたちはその次の日でもいいから」

郁子が言いました。一月二〇日、わたしの誕生日にはこの友人たちが鍋料理で祝ってくれることになっていました。

「祝ってもらうためだけに誘うってこと？　ヤダよ、そんなの」

「気にしなくても、あっちが千晴ちゃんにちょっとでも気があれば、誕生日に声かけてもらえるだけで、普通に嬉しいんじゃないかな。だいたい、千晴ちゃんは何でも慎重に考えすぎなんだよ。昔どう思ってたとかは置いといて、せっかく会ったんだから、これから好きになるかもしれないじゃない」

美香が言いました。

「ただ、四月からどこに配属されるかわからないし、関西エリアに決まったら電話してみようかな。でも、向こうは確か一浪したはずだから、もう一年学生だし。生活リズム違うと会ったりするのも難しいよね」

「そうやって千晴城には結局誰も入れてもらえないわけか」

大きく伸びをしながら郁子に軽い口調で言われたけれど、胃袋の中でゴトリと大きな石が転がったような感覚に捉われました。どういうこと？　と聞き返すのが少し怖くて、よく聞こえなかったフリをしながら、わたしも大きく伸びをして、壁の時計を見ました。

午前五時半をまわっていました。

「ちょっとペースあげた方がよくない？」

そう言って、三人それぞれが再び無言でワープロに向かった直後――。

ドカン、と爆発音のような音が響き、「落ちた」と思った瞬間、電気が消え、天地が逆転するような揺れが始まったのです。

初めは横揺れで次に縦揺れだったと、あのときの状況を多くの人たちが語っていましたが、わたしにはそんなことを分析する余裕はありませんでした。四畳半の狭い部屋に身を隠せそうな家具はこたつがただ一つ。しかし、三人で入るのは不可能で、とっさにそれぞれおしりに敷いていた座布団を頭にかぶり、小さく蹲って、三人で団子のように身を寄せ合っていました。

ガラスの割れる音、バタンと大きな家具が倒れるような音、叫び声、あらゆる音がアパートの内と外、至るところから上がっていました。郁子は「お母さん」と震える声でつぶやき、美香は「○○くん、助けて」と彼氏の名を呼んでいました。

わたしは……、誰の顔も浮かんでこなかった。めきめきと建物がきしむ音が聞こえていても、壊れる、とまでは思いませんでした。だから誰にも助けを求めなかった。いや、わたしにはそういうたった一人の人がいなかったということでしょうか。

後に四十数秒間揺れていたと知りますが、わたしはもっと長く感じました。五分、一〇分、それ以上。ようやく揺れが収まったことを確認するように三人で目配せしながら少しずつ顔をあげていき、上半身すべて起こしたところで、よかった、と円陣を組むように肩を抱き合いました。外に出ようと、郁子が立ち上がり、急がなきゃ、と美香が続き、そういうものなのか、とわたしも二人のあとをついていきました。廊下や階段で他の部屋の人たちとも合流し、壁が崩れ落ちたり、溝のような太いひびが入ったりしているのに息を飲みながら、アパートの外へと出ていきました。

周辺の家の人たちも大勢出てきていました。怖かった、驚いた、などという言葉が飛び交う中、けが人はいないか？　という声が聞こえてきて、薄暗い空のもと辺りを見渡してみましたが、屋根瓦が一部落ちている家を見て、酷いな、と思ったくらいで、他からも、家が倒壊している、けが人がいる、という情報は入ってきませんでした。それよりも、一月半ばの夜明け前は息が白くなるほど寒く、パジャマ姿のままで出てきていた子たちは身を寄せ合って震えていました。

　そこに町内会長だと名乗るおじさんが懐中電灯を片手にやってきて、この辺りの建物はほとんど大丈夫だったから、中に入ってもいいだろう、と言い、わたしたちはその言葉に従いました。わたしは自分の部屋に戻ることにしました。が、郁子が腕をとって引き留めました。

「一階の方が被害が大きいから、二階にいた方がいいと思う」

　改めて目を凝らすと、わたしの部屋のドアの横の壁に、横幅が一センチ近くあるひびが廊下から天井に向かって這い上がるように入っていることに気付きました。と同時に、足元が揺れました。わたしは余震という言葉も知らなかった。ひとまず、揺れが収まった後でドアを開け、さっと中を確認しました。本棚やタンスは倒れていたものの、それほど大きな損傷はありませんでした。調理をしなくても食べられるもの、食パンとチョコレートを持って急いで部屋を出て、二階の郁子の部屋へと向かいました。

　三人で持ち寄った食糧を分け合い、薄暗い中で腹ごしらえをした後で、わたしたちが一番に案じていたのは、なんと、郁子の卒論についてでした。停電のため、ワープロが使えません。おまけにまだプリントアウトしていないページばかりで、このまま締切の午後〇時までに電気が復旧しなければどうなるんだろうと、真剣に話し合っていたのです。

　じっとしていても仕方がないので、情報を集めようと、ラジカセ用の単2電池を買うために、三人で近くのコンビニに行きました。棚から落ちたものをとりあえず拾って戻したのか、陳列はめちゃくちゃでしたが、店は店として機能していました。レジには長蛇の列ができていて、皆、かごの中にペットボトルの水やパンなどを詰め込んでいました。いかに自分たちがのんびりしていたかに気付かされました。電気、ガス、水道、すべてが停まっているというのに。

電池はかろうじて残っていたものの、水やお茶、スポーツ飲料、おにぎりや惣菜、パン類などは売り切れていました。スナック菓子やビスケット類もありませんでした。かろうじて冷蔵庫に残っていた二リットルのペットボトルのピンクグレープフルーツソーダをそれぞれが一本ずつ買いました。あとは、ラムネやグミといった、腹の足しにならなそうなお菓子。棚の隅の方に魚肉ソーセージを見つけたのが一番心強かった。

レジに並んでいると「震源地は淡路らしい」と誰かが話しているのが聞こえてきました。大阪の淡路なのか淡路島のことなのかと周囲の人が問いましたが、どちらか正確なことはわからないようでした。ただ、自分が思うよりも広範囲で大変な事態になっているのではないかと察することはできました。

アパートに戻り、ラジオが聴ける状態になると、より不安が募っていきました。震源地は兵庫県の淡路島で、神戸、西宮、伊丹にかけて大きな揺れが観測されている。わたしたちのアパート「かえで荘」の住所は西宮市でした。被害状況も怖かったけれど、これからまだ大きな余震がくる可能性が高いと流れてくる傍から、アパートが小刻みに震える音が響くのです。この頃には、卒業論文どころではないということも把握できていました。

三人で今後の対策を検討しました。周辺の鉄道などの交通機関は機能を失っているため、遠い場所に避難することはできません。当面の課題は水の確保だと意見がまとまり、どこかで調達できないかと、各自、自分の部屋からやかんや水筒を持ち出して、外に出ました。

瓦礫の片付けをしている人も多く、外にいる人たちのあいだでも情報は飛び交っていました。数キロ西に行ったあたりからは、古い建物が軒並み倒壊し、死者が多数でている。火事も起きているらしい。

歩きながら、あのアパートで夜を過ごして大丈夫なものかと、小学校などの避難所に行くことも話し合い、午後からの様子をみて決めようということになりました。ある家の前に二〇人ほどの列ができていたので何かと訊ねると、井戸のあるお宅で、水をわけてもらえると聞き、わたしたちもあつかましく並ばせてもらうことにしました。が、すべての容器にいただくのは気が引け、水筒にのみ井戸水を入れてもらい、帰りに武庫川の水をやかんに汲んで、アパートに戻りました。

避難所にいくべきか、ここに残るべきか。他の部屋の人たちも廊下に出てきて、皆で話し合っているところに、歓声が上がりました。常夜灯のあかりがともったのです。思いがけない電気の復旧の速さにより、アパートに残ることが決まりました。電話が通じるよ、という声もどこかの部屋から聞こえてきました。さっそく部屋に戻ったのですが、わたしの部屋の電話は受話器をあげてもウンともスンとも言いません。

後から知ったことですが、市外局番の次の番号が四三は繋がりやすいとか四一は繋がりにくいというふうに、同じ地域でも違いがあったそうです。二階の二人の電話はどちらも通じていたので、郁子の部屋のを借りて、実家に連絡を入れました。

「あれ、千晴のところも？　でも、無事なのね。それより神戸の叔父さんに連絡がつかなくて、どうにかならないかしら」

これが母からの第一声です。友だちの電話を借りているからとすぐに切りました。電気が通じたことにより、片付けが早く済んだ美香の部屋に三人で集まりテレビを見て過ごしました。アパートの上空ではヘリコプターが飛び交う音が響いていました。

倒壊したアパートや火事の様子が映される画面の端で、亡くなった人の数が倍、倍と増えていっていました。怖かったし、これからどうなるのだろうと不安でもあったけれど、誰もそれを口にしませんでした。

そこに、電話が鳴りました。受話器をとった美香は声の主を確認したと同時に、ワッと泣き出しました。気丈にふるまっていたのに、彼氏の声を聞いた途端、一気に緊張の糸が緩んでしまったのだと思います。美香の彼氏は大阪に住んでいました。大丈夫、ケガはない、でも、すごく怖い。すがるような声でした。その様子を見ていた郁子がいきなり立ち上がり、部屋を出て行きました。半時間ほどたって戻ってきた姿は、目は腫らしているけれど、表情は穏やかなものでした。同じく大阪に住む彼氏に電話をして元気づけてもらったのです。郁子の彼氏と美香の彼氏は同じ大学の友人同士でした。

ほんの少し前までは怖くはあったけど、寂しくはなかった。それなのに、いきなり荒れた海に一人取り残されたような不安が込み上げてきました。わたしを心配してくれている人もいないし、こちらから頼れる相手もいない。それでも、こうして一緒に過ごせる友だちがいることが幸せなのだ、と自分に言い聞かせていたのですが。

早めの夕飯に、電気ポットでお湯を沸かして、それぞれが買い置きしていたカップラーメンを食べているときでした。

「明日ね、彼が朝一で車で迎えにきてくれるんだって」

郁子が美香と目配せした後で、申し訳なさそうに言いました。

「千晴ちゃんももし、大阪とか京都に知り合いがいたら、一緒に乗っていく？」

美香はそんな提案までしてくれました。実家が兵庫県より西にあるわたしたちにはまだ、帰省するという選択肢はなかったのです。

「ありがとう。でも、大丈夫。明日もこのアパートに残る子はいるだろうし」

二〇人の女子学生が住むこのアパートの全員にお迎えがくるとは思えませんでした。住人の顔と名前はとりあえず知っていました。いざとなれば協力し合えるだろう。

「トランプでもしておくよ」

これより長い言葉は、せき止めているものを決壊させてしまいそうで口にすることはできませんでした。気まずい雰囲気のまま、午後八時には布団を敷いて寝ることにしました。よくよく考えてみれば、前日は徹夜をしていたのだから、もっと早く眠くなってもおかしくはないのに、疲労感は首から下だけを覆い、頭は冴えわたっていました。

灯りをおとし、横になって目を閉じると、ヘリコプターの音が耳につきました。何台も何台も。消火活動をするでもなく、救援物資を運ぶでもない、おそらくただ上空から悲惨な様子を映し出しているだけ。その上、轟音のせいで揺れているかのように、半時間も間をあけず、余震が起こります。それを明日からどう受け止めればいいのかと考えただけで、頬に涙が伝いました。

翌朝、三人でトーストとカップスープと魚肉ソーセージの朝食を取りました。テレビをつけると、死亡者の数が桁違いに増えていました。わたしたちはテーブルの上だけを見つめながら無言で食べていたのですが、テレビから驚くような情報が飛び込んできました。阪神電車が今日から梅田、甲子園間を運行するというのです。

迎えを、助けを求めなくても、自分から出て行くことができる。二人がわたしの方を遠慮がちに見ました。

「電車動くのなら、わたしも、高校時代の友だちのところに行かせてもらおうかな」

明るくそう言うと、二人とも、そうしなよ、それがいいよ、と喜んでくれました。大阪や京都に住んでいる同級生の名前はアドレス帳に四人ほどありましたが、高校を卒業してから一度でも会ったことのある子は一人もいませんでした。が、そんなことは口が裂けても言えません。二人が安心して大阪に避難できればいい。ドラマの主人公にでもなったつもりでそんなことを思っていたのに……。

一番先にアパートを出ていったのはわたしだったのです。


わたしを迎えに来てくれたのは、居酒屋『魚魚魚』でのアルバイト仲間、菊田《きくた》良美《よしみ》さんでした。彼女がわたしのアパートに来たのは、半年前にたった一度だったのに、よく場所を覚えていたなと驚きました。背中に背負った大きなリュックにはまだ温かいおにぎりが数えきれないほど入っていて、アパートの他の部屋の子たちにも配りました。朝食は取っていたのに、しょうゆ味のよくきいたおかかのおにぎりは、胃袋にしみこむようなおいしさだった。

おいしいね、と涙を拭う人たちに、菊田さんは心から労わるような目を向けたあと、わたしに言いました。

「昨日からずっと、ちーちゃんのことが心配で心配で。電話は繫がらないし、朝一で自転車で行ってみようかと思ってたところに、電車が動くってニュースでやってたから、飛んできちゃった」

もっと早い便に乗りたかったのに、阪神梅田駅では人がごったがえしていて、三本も見送ることになったそうです。

「ちーちゃん、よかったら今日からうちにきて。うちの親もそうしてもらいなさい、って言ってるから」

実は、わたしは菊田さんがどこに住んでいるかも、一人暮らしか、実家暮らしかも、そのときまで知らなかったのです。そんな人の家に行かせてもらっていいものかと、すぐには返事ができませんでした。

「千晴ちゃん、行かせてもらいなよ」

友人たちに言われ、わたしは菊田さんに、お願いします、と頭を下げたのです。それから急いで帰省用のバッグに必要最小限の荷物をまとめ、友人たちと抱き合い、握手をかわして、じゃあまた、と別れの挨拶をした後、菊田さんと歩いて阪神甲子園駅まで向かいました。

駅まで徒歩約三〇分。菊田さんはわたしに食事は取れたのか、ライフラインはどうなっているのかなど訊ねてきました。友人の部屋の電話が通じたことや、井戸水を分けてもらえたこと、電気は復旧していることなどを一つずつ伝える度に、菊田さんは胸に手をあて、よかったと大きく息をつきました。

菊田さんとは大学は別ですが同学年でした。しかし、菊田さんがバイトを始めたのはわたしが就職活動のためにシフトを減らし始めた時期だったので、あまり二人で話したことなどもなかったのに。それでも、駅まで三〇分かけて歩き、駅前から続く乗車待ちの長蛇の列に二時間二人で並んでいるうちに、なんだかとても親しい間柄のように思えてきました。

「バイトのみんなが心配しているよ。電話したけど繋がらないって」

そう言われ、自分の所属場所が一つではないことを再認識したのに、もう一つの所属先には思いを馳せることができなかったのです。

大阪の高槻市に住む菊田さんのご両親はわたしを親切に歓待してくれました。夕飯に暖かい鍋を囲み、たくさん食べてね、とよそってもらっただけで、鼻がムズムズして涙腺が緩んできました。

「何日でもいてくれていいんだからね」

その言葉に甘え、二泊させてもらえるようお願いしました。電車の復旧は思ったより速そうで、二日あれば、遠回りになっても西に向かうルートは一つくらい回復するのではないかと見込んでいたのです。もっといてくれたらいいのに、と菊田さんもご両親も言ってくれましたが、額面通りに受け取るわけにはいきません。電話を借りて、実家に菊田さんの家でお世話になることを伝えました。

お風呂はたった一日入っていないだけなのに、何ヶ月ぶりかのように体がほぐれていくのを感じました。

翌日は、夕方近くまで寝て過ごしました。何もしていないのにお腹はすき、すき焼きとちらし寿司をたらふく食べさせてもらいました。新幹線が復旧するまではうちにいればいい、とお父さんに言われ、もう二泊泊めてもらうことになったと、また実家に電話をかけました。増田さんと高原くんから電話があり、増田さんには菊田さんのお宅の電話番号を伝えたと報告を受けました。増田さんとは、泰代です。無事でよかったなとは思いましたが、その時のわたしは高原くんのことばかり考えていました。

お風呂を勧められ、そこでも、高原くんはどうしてわざわざ電話をくれたのだろう、などと考えながら湯船につかっていると、ドアの向こうから菊田さんの声が聞こえてきました。電話は洗面所を出たところすぐの廊下に置かれていました。決して、聞き耳を立てていたのではありません。菊田さんが大きな声で話していたのです。

「昨日、ちーちゃんのアパートまで行ってきたの。心配していたより全然元気そうで、わたしの作っていったおにぎりをすっごく喜んでくれた。おかかと梅と鮭。たくさん作りすぎたから、アパートの他の部屋の人たちにも食べてもらったんだ。涙を流してる人までいて、不謹慎な言い方かもしれないけど、嬉しかったな。これまでに経験したことないような災害が起きたっていうのに、何もできないなんて情けないじゃない。あー、わたしってこんなにも無力だったんだなって、空しくなっちゃった。居ても立ってもいられなくなって、ちーちゃんを迎えに行ってうちに泊まってもらうことになったけど、本当に喜んでもらえてるのかどうかわからなくて。無理して笑ってるって感じなんだよね。友だち一人救うことすらできないのかな。……そんな、優しくなんかないって、わたしは。買い被りすぎ。自分の不器用さが腹立たしくて。ねえ、坂口さん、わたし、ちーちゃんのために何をしてあげたらいいと思う？」

電話の相手がわかりました。アルバイト先の一つ年上の男の人です。一二月に復帰した際に、菊田さんが坂口さんを狙っている、とバイトの子たちが噂しているのを聞いたことがありました。

「なんかね、話したらラクになるのかなって、いろいろ訊いてあげたのに、そっけない言葉が返ってくるだけで。大阪に住んでるあんたにはわかんないだろ、って感じ？　でも、うちだって結構揺れたんだよ。鏡とか倒れちゃったし、めちゃくちゃ怖かったんだから。……えーっ、坂口さん、わたしのこと誤解してる。そりゃあ、普段は男っぽい性格って言われることも多いけど、今回のは本当に泣きそうになったんだから」

水音を立てると、わたしに聞こえていることがバレてしまうかもと、息を潜めて湯船に浸かっておくことしかできませんでした。だから、湯あたりして吐き気がこみ上げてきたのでしょうか。

「ねえ、今度、三人で食事でもしない？　ちーちゃんを元気付けてあげようよ。気になるお店があるんだけど、一度二人で……」

耐えかねて、ガバッと立ち上がると、水音が盛大に響きました。

「うん、また、電話するね」

菊田さんは受話器を置いたみたいでした。それを待ち構えていたように電話が鳴りました。もしかすると、菊田さんが電話を終えたのは、キャッチが入ったからかもしれませんが、あの頃のわたしはそんなことを考えもしませんでした。

電話を受け、菊田さんは電話番号を復唱しながらメモをとっているようでした。そのメモは浴室から出たわたしに手渡されました。泰代から、至急かけ直してほしい、という伝言でした。

わたしの身を案じてくれているのだろう。おめでたいわたしはそんなことを思いながら電話をかけ――、静香の死を知ったのです。

「親孝行の孝という字は、子が土を掘る様子を表しているの。つまり、子が親の墓を作るということ。どうか、あなたたちはお父さん、お母さんよりも長生きして、親孝行してくださいね」

静香の葬儀の後、彼女のお母さんがわたしと泰代に言ってくださった言葉です。葬儀のことはこれだけに留めておきたいのですが、もう一つ、書いておかなければならないことがあります。静香の遺体は損傷が激しかったため、お棺は両親以外の人の前では一度も開かれることなく、荼毘にふされました。

泰代はこちらが菊田さんの家からかけた電話では、必要なことを淡々と述べただけでした。静香が亡くなった。葬儀は一月二〇日午後一時から。奈良の実家で。出席できるのなら、同日午後〇時半に××駅で待ち合わせをしよう。それだけです。静香が亡くなった原因も、地震のせいではあるだろうけど、何が起きたのかまでは、わたしには想像がつきませんでした。

友人の葬儀に出席したいので黒い服を貸していただけませんか？　と訊ねると、菊田さんは大粒の涙をぽろぽろとこぼしながら、わたしに力になれることがあったら何でも言ってね、と言いました。菊田さんのお父さんが行き方を調べてくれ、翌日は、菊田さんが高槻駅まで車で送ってくれました。わざわざパーキングに車を入れて、改札口まで見送ってくれることになったのですが。

駅前のロータリーで女の子二人がタンバリンを片手に歌をうたっていました。聞き覚えのない歌で、多分、彼女たちのオリジナル曲だろうと思いながら前を通過していると、間奏になり、台詞らしきものが始まりました。

「わたしたちのすぐ近くで苦しんでいる人たちがいます。みんなで愛を送りましょう。お買い上げいただいたCDの代金は、責任を持って寄付させていただきます！」

何言ってるの？　と嫌悪感が込み上げてくる前に、菊田さんが眉を顰《ひそ》めてわたしの耳元で言いました。

「震災を利用するなんて最低だよね」

返事はしませんでした。帰りも迎えにくるから、向こうの駅を出るときに電話をして。何時になっても構わないから、ゆっくりお別れしてきてね。菊田さんはそう言って、改札の横から身を乗り出すようにして、手を振っていました。


泰代に少し話す時間はないかと訊かれたのは、葬儀が終わり、夕方、静香の家を後にしてからです。二人で駅前のファストフード店に入りました。そこで、静香の死因は建物倒壊による圧死だと知りました。

「あのマンションが？」

一度泊まったことのあるマンションを思い返しました。「かえで荘」とは比べものにならないほど、築年数の浅そうな、鉄筋のお洒落な建物でした。その上、静香の部屋は三階でした。ニュースで知る限り、被害が大きかったのは圧倒的に一階だったはずです。

「詳しいことまではわかんないけど、一階が駐車場になっているマンションは、途中の階が倒壊している率が高いんだって」

それも、テレビで言っていましたが、そのせいで犠牲になったのが静香だということは、葬儀を終えたあとでも、受け入れがたいものがありました。

「千晴、生きてるわたしたちは何なんだろうね。どうして、静香が死んで、わたしたちが生きているんだろう。ねえ、どうしてだと思う？」

堰を切ったように問いかけてくる泰代の目に涙はありませんでした。泰代のチャームポイントであるはずの切れ長の涼しげな目は、まぶたが真っ赤に腫れ上がり、涙が枯れ果てるまで泣き続けたことを物語っていました。

「わかんない。でも、静香はまだこの辺りにいて、わたしたちを見てくれているような気がする」

葬儀のときから思っていたことを、そのまま口にしました。なんとなく、すぐそこの曲がり角から、静香がひょっこり顔をのぞかせるんじゃないか。そんなふうに思えて、仕方なかったのです。

「はっ。何それ？　ファンタジー？　オカルト？　千晴にこんなこと訊くんじゃなかった。遺体を見ていない人にはわかるはずないんだから」

泰代が咎めるように言いました。遺体を見ていないのは泰代も同じではないのか。とっさに浮かんだその思いを、慌てて頭の中で打ち消しました。遺体を目にするのは、葬儀の場だけではない。

「あの日、どうして来てくれなかったの？」

何も答えることができませんでした。あの日のわたしに、他人を案じ、駆けつけるという発想はありませんでした。自分こそが被害者だと思い、案じられること、助け出されることばかりを考えていた。

数キロ先から西側は大変な状態になっている。そんなことも耳にしていたのに。静香や泰代は大丈夫だろうかと、二人を思い出しさえしなかった。

「わたしたち友だちだよね。わたしは人生で一番楽しかった日を訊かれたら、三人で浜辺で歌った日だと答える。静香も、あの日は特別な一日だって言ってた。なのに、千晴はそうじゃなかったの？」

「わたしだって楽しかったよ」

思わず声を張り上げました。

「じゃあ、なんであんな大変なことになっているのに、助けに来てくれなかったの？　なんでわたしたちを置いて、自分だけ安全なところに避難できたの？　わたし、揺れが収まったあと、すぐに静香のところに行ったよ」

それは、家が近いから。喉元まで出かかり、飲み込みました。距離ではない。人間性の問題だ。

災害の状況をエリア別に表す際、川がよく用いられていました。淀川から東、武庫川から西、といった具合に境界線のように扱われるのです。その理屈でいくと、わたしはちょうど被害の大きかった地域と小さかった地域の境界線上にいたと言えるのではないでしょうか。

わたしは大切な人の身を案じて内側へ向かうことができる場所にもいたのです。電車が停まっていても、自転車で向かうことができた。どんな悪路になっていたとしても、二時間はかからなかったはずなのに。駅で二時間並び、外側へと逃げていったのです。

「ごめん。でも……、わたしが行っても、何もできなかったと思う」

「何それ。俯瞰で物事を見ているわたしは、無駄なく、かしこく立ち回ってます、って言いたいの？」

ここまで責められることなのか。引け目を感じていても、さすがに納得できない気持ちの方が勝ってきました。だけど、泰代の方が先に話を続けてくれたおかげで、わたしは泰代をさらに傷つけなくて済んだのです。


「自衛隊って、死んでる人は助けてくれないんだよ」

静香の部屋がつぶれているのを見て、泰代はどうにか助けられないかと部屋に近付いてみようとしたものの、外に避難していたマンションの人たちに引き留められたそうです。できることといえば、道路から大声で名前を呼び続けることくらい。しかし、返事はありません。もしかすると、部屋が潰れる前に外へ逃げたかもしれない。そんな可能性にすがる思いで、近隣の小学校など、避難所となっているところに行き、静香がいないか探しました。しかし、静香の姿はどこにもなく、マンションまで戻りました。

昼過ぎに、自衛隊の姿を見かけたという情報を耳にして、再び町中をかけまわっていると、ようやく自衛隊員を発見し、友人が生き埋めになっているので助けてほしい、とマンションまで案内しました。しかし、

「生きている人優先なんだって」

直接何と言われたのかはわかりません。それでも、いつか助けがくるのではないかとマンションの前にいましたが、日暮前に大きな余震が起きた際、さらに建物が倒壊する恐れがあるから避難するようにと、残っていたマンションの住人に諭され、自宅マンションに戻りました。電気もガスも水道も止まった部屋で、泰代は一人、インスタントラーメンを生でかじって空腹を満たし、毛布にくるまって長い夜を一睡もできないまま、静香の無事を祈りながら過ごしたのです。

半同棲状態の彼氏、田中くんは、その前の成人の日を含む連休から、京都の実家に帰っていたそうです。しかし、翌日、泰代のところに駆けつけてくれました。阪神甲子園駅まで電車できて、そこから二時間かけて歩いて。同じ駅でわたしは田中くんとすれ違っていたかもしれない。外から内側へ向かう者。その拠点となる場所にいるというのに、迷わず外へ向かった者。泰代がわたしのことを「逃げた」と思うのは当然です。

田中くんと二人で静香のマンションを訪れ、消防隊員によりようやく静香の遺体が建物から出され、遺体安置所となっている小学校の体育館に運ばれたのは、夕方近くになってからでした。

「棺桶がもうなくて、短い毛布一枚にくるまれただけ。長くてつやつやしてた髪がゴワゴワになってた」

せめてもと、自宅マンションにヘアブラシを取りに行き、その後、近辺の開いている店を捜し歩き、ようやく、花を見つけて安置所に戻りました。まずは、髪をとき、田中くんが実家から持ってきた紙パックのりんごジュースと花をお供えしました。

「菊とかお供えに合う花が売り切れていて。バラなんて、不謹慎なだけかもしれなかったのに」

そこに、マンションの管理会社から連絡を受けた静香の両親がやってきたそうです。

「きれいにしてくれてありがとうね、って。わたしになんて、気を遣ってくれなくてもよかったのに」

静香は両親の乗ってきた車で家に帰っていきました。

「次の日、千晴のアパートに行った。わたしたちのところに来てくれなかったのは、古いアパートだから、千晴も大変なことになっているのかもしれない、どうか無事でいますように、って祈るような気持ちで行ったのに。全然何ともなってなくて、おまけに、アパートの人に訊いたら、電車が通じて一番に出て行った、なんて」

尚美さん、わたしはあのとき、消えてなくなりたかった。かすり傷ひとつなく、そこにいることが恥ずかしくてたまらなかった。

「なのに、お葬式の間じゅう、ベソベソ、ぐずぐず泣いて。お母さんに励ましてまでもらって。どうでもいい人が泣くと、本当に辛い人たちが泣けなくなるじゃない」

だから、尚美さん、あなたにあの時、あんな言い方しかできなかったのです。

わたしは出身大学を訊かれるのが嫌いです。わたしが兵庫県の大学に通っていたことを知ると、逆算して、震災のときはどこにいたのかと十中八九訊かれるからです。

西宮市にいたけれど、翌日には電車が復旧したようなところなので、無事に避難できました。これ以上のことは絶対に口にしませんでした。なのに、大変でしたね、と続き、わたしは（僕は）あの時～、と自分のことを語りたがるのは、境界線のもっと外側にいた人たちばかりなのです。

うちでもかなり揺れて、茶碗が割れた、電車の振動なんかにも敏感になった、とかなんとか。それがどうしたと叫びたいのを我慢しながら、いつも黙って聞いていました。

それに比べると、国際ボランティア隊は日本各地から集まっているので、出身地を県単位で訊かれることがほとんどで、わたしはいつも実家のある岡山県と答え、震災の話題に繋がることはほとんどありませんでした。確か、尚美さんにも同様の質問をされて、その後、瀬戸大橋の話をしましたね。

しかし、わたしは帰国間際のある日、有名人に会った話を尚美さんとしていた際、うっかり、プロ野球の阪神の選手の名前を三人もあげてしまいました。大学時代、わたしが甲子園球場に近いところに住んでいたことを知った尚美さんは、もしかして理恵ちゃんと同じ学校？　と訊いてきました。

突然、わたしと入れ違いに帰国した人の名前が出て驚きましたが、隊員だった松本理恵子さんと尚美さんに交流があったのは当然のことです。そもそもわたしが国際ボランティア隊の試験を受けたのは、理恵子さんの影響が少なからずあったからでした。

その話は少し後で書くとして……。

わたしが理恵子さんと面識はなかったけれど同じ大学だったことを伝えると、尚美さんは、じゃあ震災のときも大変だったのね、と言いました。だから、わたしは話がそれ以上膨らまないようこう言った。

「震災の話はナシにしてください。わたしは被災地の内側を知りません。だから、震災を語れる資格はないんです」

尚美さんは、イヤなことを訊いちゃってゴメンね、と言ってくれました。謝らなければならないのは、わたしの方だったのに。その上、拒む言葉を口にしながら、わたしは助けを乞うような目をしていたはずです。

同じ目をわたしは高原くんにも向けました。

あの後、泰代がわたしへの憤りを全部伝え終えるのを見計らったようなタイミングで、田中くんが泰代を迎えにやってきました。気を付けて、と言ってくれたのは田中くんで、泰代はもうわたしの方を見ようともしませんでした。

一人、電車に乗った頃には、外は真っ暗でした。菊田さんの家に電話をしていないことに気付きました。携帯電話があるような時代ではなく、遅くなってしまうけれど、駅についてからかけるしかありません。

電車に揺られている間中、頭の中で泰代の言葉を反芻していました。

わたしは逃げた。泰代が静香のために起こした行動には、ただただ頭が下がる思いであり、辛かった思いも理解したつもりでいましたが、同時に、羨ましくもありました。友だちのために精一杯の行動をとれたことが。それほどに大切な友だちがいたことが。

泰代はわたしのところにも来てくれたけれど、もし、わたしの方が泰代の近くに住んでいても、泰代は一番に静香のところを訪ねたのではないか。わたしは泰代の一番の友だちじゃない。泰代の親友は静香で、静香の親友は泰代。わたしは＋1でしかないのだ。その思いは、震災の起こるずっと前、同好会で出会った頃からありました。郁子と美香も然り。その状態は大学に入ってからだけではありません。わたしが所属するグループのメンバーはいつも最少三人。たった一人でいいから、わたしのことを一番の親友だと言ってくれる人がほしい。そう願い続けてきたのに、そんな相手との出会い方も、関係を築く方法もわかりませんでした。

親友になりたい人と出会い、仲良くなれても、その人はきっと、別の人を一番の友だちに選ぶに違いない。そう思い続けているうちに、傷つく前にこちらから一歩引いておくという安全策を無意識のうちに取るようになったのだ。いや、こちらが出ようが引こうが関係ない。わたしが愛されるような人間ではないというだけ。

自分が何の価値もない、粗大ゴミのように思えてきました。誰かに拾ってほしい。役に立てることは一つくらいあるはずだから、お願い……。

大阪駅に着くと、高槻方面行には乗り換えず、改札を出ました。電話ボックスに入り、バッグから手帳を取り出して、破ったタバコのパッケージに書かれた数字を押しました。

環状線に乗り、初めて降りる駅の改札を抜けると、高原くんが傘を差して待ってくれていました。それをわたしに差し出して、もう一方の手に持っていた傘を自分のために広げました。

「おかえり、は、おかしいか。けっこう降り出してきたから、急ごう」

無言で頷き、彼の少し後ろを小走りで付いて行くうちに、わたしの頭の中に「Sunrise Sunset」が流れてきました。高原くんの歌声で……。

高校三年生の音楽の授業は、ほぼ、自主勉強のための時間でした。それでも、歌は毎回授業の最初に三曲歌うと決まっていました。脳を活性化させる準備運動のようなものだったのかもしれません。一、二年生のときに習ったミュージカルナンバーを、先生がその日の気分で選んでいました。期末考査も筆記試験はなく、授業中に歌のテストが行われました。曲は、先生が上げた五曲の中から好きなものを一つ選ぶことになっていて、一学期はその中に、「Sunrise Sunset」が含まれていました。

歌のテストは先生の伴奏の下、皆の前で歌わなければなりませんでした。順番は出席番号順、男子が先です。そこで、高原くんは「Sunrise Sunset」を歌いました。わたしは下を向いて英語の単語帳をめくっていたのですが、ワンフレーズ聴いて思わず顔をあげました。誰だろう。高原くんか。こんな声だっただろうか。三年生になって初めて同じクラスになった高原くんとは一度も口を利いたことがありませんでした。

声楽をやっているような人の歌声ではありません。特に感情を込めている様子も感じられませんでした。周囲を見ても、ほとんどの子が下を向いたままでした。どうしてみんな驚かないんだろう、こんなにしみ込んでくる声なのに。初めはそんなことを思っていましたが、徐々に歌声だけが頭の中に広がっていきました。そして、歌が終わり、伴奏が終わり、次、と振り向いた先生が、わたしに目を留めました。

「土居、腹でも痛いのか？」

何を言われているのかさっぱり理解できませんでした。

「それとも、高原の歌声に泣くほど感動したのか？」

泣く？　訳がわからない、そんなふうに、指先で目をこすると、涙がべっとりとついていました。驚いたのはわたし自身です。自分が泣いているのに気付かないことなんてあるのだろうか。

「どうせ、夜更かしでもしたんだろう」

「あ、そうです」

いい助け船が出たと話を合わせ、顔を洗うように両目をこすりました。高原くんの顔を見ることはできませんでした。その場はそれで済んだのですが、そういう少し気まずい状況が生じたときに限って、別の場所でばったり会ったりするものです。学校帰りに書店に寄り、海外ミステリのコーナーに行くと、高原くんがいました。何かしゃべらなければ、と思いながらも、さっきはどうも、などとは言えません。先に口を開いたのは高原くんでした。

「夜更かしの原因？」

本棚を振り返りました。

「ああ、うん……」

「誰が好き？」

「アガサ・クリスティ。……あの、本当は一〇時に寝た。わたし、あの歌が好きで……、ゴメンね」

急いで書店を出て行きました。どうして本当のことを打ち明けてしまったのだろう。自分を責めながら家に帰りました。翌日から、彼が遠くにいるときは気付いたら目で追っているのに、近付いたら絶対に目を合わせないという、おかしな距離を取りながら卒業までの日々を過ごしました。

まともに話したのはあれくらいだというのに、夜遅くいきなり電話をして、泊めてほしいと頼み、服まで借りてどうにか落ち着くと、やはりまた黙り込んだわたしに高原くんは言いました。

「誕生日、おめでとう」

すっかりと忘れていた、二二歳の誕生日でした。ケーキくらい買っておけばよかった、と言われても、そもそも祝ってもらう義理もありません。おまけに、どうして誕生日を知っているのかと訊ねると、安否が気になって卒業アルバムに載っているわたしの実家の番号に電話をかけたところ、母が出て、誕生日どころじゃなくなっちゃったわね、などと言ったらしく、日にちを訊ねたというのです。謝るしかありません。

「ゴメンはもうなし。何か、プレゼント、リクエストして」

これまたどうしたものか、と目を逸らすと、部屋の隅にギターを立てかけてあるのが見えました。

「じゃあ、あれで何か一曲」

「そんなこと？　もうちょっと何か……。まあ、今日は歌ってことで」

高原くんはギターを手に取りました。「Sunrise Sunset」ではありませんでした。ちょっと期待していたんですけどね。オザケンの……、あれは何という曲だったんだろう。「愛し愛されて生きるのさ」なんてタイトルの曲、ありましたっけ？　涙は出ませんでしたが、やっぱり高原くんの歌声は好きだなあ、と歌が終わると思い切り拍手をしました。

高原くんはわたしに地震のことは何も訊いてきませんでした。お葬式の帰りだということも、服や持ち物から気付いていたはずなのに。目の下にすごいクマができている、と笑いながら言って布団を敷いてくれ、なんだか当たり前のように二人並んで横になり、電気を消したあと、手をつなぎました。

「電話がかかってくるのを待ちすぎて、幻聴が聞こえたのかと思った」

「わたしは……、今が夢じゃないかと思う。本当は、夢だったらいいのに」

「えっ、それって」

「目が覚めたら、友だち、みんながいて、早く電話かけなよ、って言われたい」

尚美さん、その夜はとても幸せだったんです。友だちのお葬式の日だったというのに。いや、それが今でも特別に幸せな日だったと感じるのは、あの浜辺で歌をうたった日のように、たった一夜の出来事だったからかもしれません。


翌朝、わたしは菊田さんに服を返しに行って、高校時代の同級生の家でしばらくお世話になることになった、と伝えました。菊田さんは、今度、バイトのみんなでごはんに行こうね、と言って、突然、わたしをぎゅっと抱きしめ、高槻駅では涙を流しながら見送ってくれました。

その足で、今度は「かえで荘」に向かいました。一階の共同玄関を開けて驚いたのは、郵便受けに手紙が入っていたことです。こんなときでも、郵便局の人は自分の仕事をしているんだ。当たり前のことなのかもしれませんが、わたしにとってはそうではありませんでした。電車で武庫川を渡る際、時が停まってしまった場所に行くような錯覚に捉われたからです。動いている。流れている。胸が震えるのを感じたまま、一番手前に見えていた、白地に金色でト音記号が描かれた封筒を取り上げました。

差出人は……、静香。一月一六日の消印が押されていました。

『誕生日、おめでとう！

もうすぐ卒業、三人離れ離れになって寂しいけど、そういうことで終わる友情ではないよね。

人生で一番楽しかった夜を一緒に過ごしたんだもん。

千晴が困ったときはすぐに連絡して。何時でも、何処でも、駆け付けるから。

千晴の曲がったことが嫌いで、嘘がつけなくて、でも、涙もろくて、誰よりも友だち思いなところが大好きです。

これからも、ずっと親友でいようね』

小さなクロスのペンダントが同封されていました。わたしが毎日身に着けていた、あのペンダントです。

静香は大学院に進む予定でした。院生活の二年間のあいだにオーディションを受けて、絶対にプロのミュージカル俳優になってやるのだ、と。泰代は母校の私立中学で音楽教師になることが決まっていました。なかなか会えなくなるけれど、静香の舞台の初日には、二人で大きな花束を持ってかけつけようと約束していたのに。

震災なんて起こらなければ、震災なんて起こらなければ、震災なんて起こらなければ……。呪えば呪うほど、何も失っていない人たちがそれを利用する行為が許せなかった。たとえ、本当に誰かにすがりたいと思っているのだとしても。正しいと信じて行っていることであっても。その人なりに心を痛めているのだとしても。そして、自分もその一人だということに気付いたのです。

一七日は受話器を上げてもうんともすんとも反応しなかった電話が、そのときは、ツーッとしっかり反応していました。わたしは前日の夜と同じ番号を押しました。彼が出ても、留守番電話でも同じことを伝えようと決めていたものの、留守を伝える電子音声が聞こえたときには、ホッと息をつきました。でも、その後すぐに受話器をしっかり握りしめて、姿勢を正してメッセージを入れました。

「高原くん、わたしは震災が起こらなかったら、高原くんに電話をかけていなかったかもしれない。かけていたかもしれない。でも、はっきり言えるのは、一月一七日までにかけなかったことは事実で、わたしに、震災のおかげで、なんてことがあってはならない。だから、ごめんなさい」

実家に電話をして、高原くんから連絡があっても住所も電話番号も伝えないでくれと頼みました。その後は、「かえで荘」に住み続けました。まるで、それが贖罪だと言わんばかりに。


これだけは本当に書くことを迷っています。もしも、切手を貼って確実に尚美さんに届くのなら、やめておくかもしれません。だけど、後々にわたしがトンガに行く原因となったことなので、やはり、書いておこうと思います。

学校もない、バイトもない、「かえで荘」で過ごすだけの一日を、わたしは読書に当てていました。買い置きしていた文庫本は二日で読み終えてしまったため、まとめ買いをするために、大阪の大型書店に行きました。海外ミステリの棚に向かうつもりでしたが、入り口付近の特設コーナーで足を止めました。『心に咲く一輪の花』『そっと伝えたい話』といったタイトルが並んでいました。普通の人たちの、心に残る温かいエピソードを綴ったものでした。空洞を温かいもので満たしたい。本にどれほどの力があるのかと、まったく期待せずに「一輪の花」の方の最初のエピソードを読み始めると、店のＢＧＭも耳に入らなくなるほどに引き込まれてしまいました。

現実に引き戻されたのは、横から声をかけられたからです。五〇代くらいの品のよい服を着た女性でした。

「失礼ですが、何か悲しいことでもあったのですか？　実は、わたしもこの度の震災で娘のようにかわいがっていた姪を亡くしてしまって。ちょうど、あなたくらいの年ごろなので、つい声をかけてしまいました。よろしければ、少しお話をさせていただけませんか？　温かい紅茶を一杯飲むくらいの時間でいいんです」

見ず知らずの人ではあるけれど、わたしで何か役に立てるのならと、いいですよ、と返事をしようとしたのですが、ふと、女性のジャケットの襟につけられた見憶えのあるブローチに目が留まり、友だちと待ち合わせをしているので、と嘘をついて断りました。

その一週間後です。突然、泰代から電話がかかってきたのは。

「一緒に行ってほしいところがあるの」

どこであれ、泰代が連絡をくれたことが嬉しかった。翌日、わたしは泰代と大阪駅で待ち合わせをして、泰代に促されながら、とある一流ホテルのティーラウンジに向かいました。

「わたしのことをすごくわかってくれる人と出会ったんだ。その人も震災で大切な人を亡くして。千晴のこともちょこっと話すと、ぜひ連れていらっしゃいって」

穏やかな表情に安心したのも束の間、泰代と一緒に席に案内されると、つい先日出会ったばかりの女性が座っていました。わたしを見て一瞬、表情を強張らせましたが、すぐに頬を緩め、すごい運命ね、と微笑みかけてきました。

「本屋で会った？」

泰代の耳元で小声で訊ねると、少し驚いた様子で、そうだけど、と返ってきました。わたしが席につくことはありませんでした。お腹が痛くなった、と泰代の手首をつかんでその場を後にし、無言のまま、強引に書店の前まで連れていきました。

「相手がどういう人なのか気付いてる?」

「知ってるよ。でも、そういうところに救いを求めるって、悪いことじゃないと思う。何で怒ってるの?」

わたしは特設コーナーを振り返りました。

「こういう場所で、震災をエサにして、魚釣りをしているようなもんなんだよ」

泰代はしばらく黙って、わたしをじっと見つめていました。

「そこまで言うなら、千晴が助けてくれるの?」

「わたしにできることなら、何でも……」

「じゃあ、歌ってよ。あの歌を。ここで」

その書店の前は、関西では待ち合わせのメッカと呼ばれているようなところで、平日の昼過ぎとはいえ、数えきれないほどの人たちがいました。歌を求められているのか、何でもと口にした本気のほどを試されているのか。もしもわたしが静香のように、高原くんのように歌えたら、何も悩むことではない。でも、もう逃げるのは嫌だ。

わたしは目を閉じて深呼吸をすると、何百人もの人たちが行きかう前で、「Sunrise sunset」を歌い出しました。あの浜辺を思い出しながら。何だ、何だ、と足を止める人たちもいましたが、最初のパートを歌い切りました。すると、次のパートを澄んだ声が引き継いだのです。最後は二人で歌いました。

泰代が笑顔で地元に帰れるよう、力強く背中を押したのは、わたしの歌声ではなく、突然歌い始めた奇妙な女子大生二人組に向けられた、喝采だったはずです。

泰代を見送った二日後に、郁子と美香が「かえで荘」に帰ってきました。

テレビでボランティアの人たちの活動を見ていると、いてもたってもいられなくなったというのです。二人と別れた後でのことを、わたしは何も話していません。ただ、何か行動をおこしたい、と伝えると、彼女たちは大きく頷いてくれました。翌日から、三人で大学に行き、ボランティアグループの紹介をしてもらっては、豚汁の炊き出しや絵本の読み聞かせの手伝いに行きました。

おいしい焼きそばをつくるトンガ人、セミシさんと、進路相談室に貼り出されていた就職内定者一覧表に載っていた、家政学部食物学科の松本理恵子さんの名前と国際ボランティア隊という職業は、わたしの頭の中で結びついて小さな種となりました。ですが、一年後に芽が出たのは、あまり有難い理由からではありません。

丸福デパート大阪店に勤務となったわたしは、運悪く、あの書店で声をかけてきた女性と再会してしまったのです。小さな嫌がらせは無視していましたが、こちらは一社員、あちらは昔からの得意客、しかも、お仲間もたくさんいます。やはり、これも逃げたことになるのでしょうね。

でも、ボランティア隊の試験中や研修中に一度も震災について自分から口にしたことはありません。

トンガに赴任してからも、震災のことを話してしまえば、震災のおかげで尚美さんに出会えた、ということになり、わたしに許されることではなくなってしまうのが怖くて、頑なに拒んでしまったのです。それを、後悔したこともあります。

でも、本当は、尚美さんは炊き出しの場ですれ違っただけのわたしを覚えてくれていたんですよね。理恵子さんから聞きました。だから、トンガの海岸で見かけたわたしに声をかけてくれた。尚美さんとは何度も食事をしたのに、どうしてわたしはそれに気付かなかったんだろう。尚美さんがココナッツジュースを飲んだあと、ポイと捨てているところをあれから何度も目にしたというのに。

尚美さんは宗教に拒否反応を示すわたしに、トンガ人は亡くなった人と話をするために、毎週日曜日、教会に通うのだと話してくれたことがありましたね。わたしはその翌週、バシリカ教会に行きました。そこで聴いた聖歌隊の人たちの歌声は、空から降ってくる温かい光の粒のようで、鎖骨に流れ落ちた液体にひやりとし、自分が泣いていたことに気付きました。わたしには泣く権利はないのだと、ずっとずっと堪え続けていたのに。

尚美さんはわたしを聖歌隊に誘ってくれました。知り合いにちょうど誘われているから一緒に入らないか、と。わたしが音痴だからと躊躇《ためら》うと、わたしなんか、喉が酒やけしてるから、おたまじゃくしが全部死んじゃう、なんて言ってたので安心して入れてもらうことにしたのに、尚美さんの裏声の透き通ったことと言ったら。おまけに、音程も、楽譜を読めない人たちが尚美さんの音を耳で聞いて覚えるほどに正確だった。楽譜といえばトンガの楽譜はおたまじゃくしやドレミではなく、数字で表されていたのには驚きました。ドが3で、レ、ミと上がるに連れて、4、5、と数字もひとつずつ上がっていく。一オクターブ上は数字の上に点がひとつあり、一オクターブ下は数字の下に点がある。どうやらわたしはふらふらと泳ぎ出していきそうなおたまじゃくしよりも、数字の方が相性がよかったみたいで、聖歌隊に入って少しマシになったような気がします。

二人でお揃いの白いドレスも作りましたね。翌年のイースター祭、本番のパレードにもそれを着て炎天下を歩いたけれど、その時はどうにか歩き切ることができました。ご褒美に何が欲しい？　とまで訊いてくれ、わたしはダメ元で、「Sunrise Sunset」を一度でいいから教会で一緒に歌ってほしいと頼みました。教会にはいつでも入れるので、誰もいないときに、一緒に歌ってもらえるだけでもいいと思っていたのに……。

わたしの帰国直前、誕生日の日に教会で渡したいプレゼントがあるからと呼び出され、もしかして、今日、一緒に歌ってくれるのかな、などと少しばかり期待しながら教会にいくと、聖歌隊の人たちがみんないて、わたしが最初のパートを歌ったあと、次のパートを尚美さんが歌い、最後のパートは皆が歌い、大合唱となりました。

あの歌声こそが、トンガで過ごした二年間の中での一番の宝物となっています。

そうして帰国後、わたしは職を二、三経て、作家になりました。

英語の勉強のために訳していた原書を、一冊全部終えて、尚美さんに見せると、熟語の意味なんかはかなり間違っているところがあるけど、文章自体はテンポがあって読みやすいから、今度は日本語で何か書いてみたらどうかと勧めてくれたんですよね。

こちらが報告する前に推理小説新人大賞を取ったことをネットで知って、そのままそちらの朝六時に電話をかけてきてくれたんですよね。時差は四時間。あれは夢だったのではないかと、未だに思うことがあります。

新刊が出るたびに読んでくれて……、そして、五年前、こんなメールをくれました。

「安定してベストセラーを出せるようになりましたね。ずっと提案したかったことがあります。震災のことを書いてみたらどうかしら。今ならもう、ベストセラーを出すために震災をネタにするなんて、と自己嫌悪に陥ることもないんじゃない？　もし、その気があれば、ご連絡ください。千晴ちゃんに紹介したい人たちがいます」

そうして、わたしはマリエちゃん、理恵子さん、杏子さん・花恋ちゃん親子のモデルになった人たちにお会いすることができました。それぞれの物語を書かせてもらえることにもなりました。それが単行本になったら、一番に、あなたにお届けしたかったのに。尚美さんとセミシさんの夢だったゲストハウスにも泊まってみたかったのに。

メールをくれた半年後、あなたは遠い所に旅立ってしまいました。尚美さんのお墓にはたくさんの人たちが訪れている、と聞きました。南の島であなたに背を押してもらった一人として、イースターホリデーの頃に、本とこの手紙も一緒に添えさせてもらいに行きますね。

最後に、もう一つ。

あなたが旅立ったあと、日本ではあの時よりもさらに大きな震災が起こりました。

内側も外側も境界線も意味をなさない、安全なところにいたわたしはやはり微力で、多くの人の役に立てるようなことは何もできなかったけれど、大切な人のもとにかけつけて、一六年前にその人がしてくれたように、何も言わずに傘を差し出すことができました。

小説など何の役に立つのだろうと、ふがいなさに唇をかみしめる日々が続いたけれど、書く手を決して止めることだけはしませんでした。あの時の郵便屋さんのように。

そして、今も物語を書き続けています。ただそれを、ありがとうと言いたくて——。

尚美さん、もうすぐあの震災から二〇年です。

【初出】

楽園「小説新潮」二〇一〇年五月号別冊「Story Seller Vol.3」
→『Story Seller 3』(新潮文庫)
約束「小説新潮」二〇一一年五月号
→『Story Seller annex』(新潮文庫)
太陽「小説新潮」二〇一二年五月号
絶唱「小説新潮」二〇一四年五月号

湊かなえ

広島県生まれ。二〇〇七年「聖職者」で第二十九回小説推理新人賞を受賞。同作を収録する『告白』が二〇〇八年に刊行され、同年の「週刊文春ミステリーベスト10」で国内部門第一位に選出、二〇〇九年には第六回本屋大賞を受賞した。二〇一二年「望郷、海の星」で第六十五回日本推理作家協会賞（短編部門）を受賞。他の著書に『少女』『贖罪』『Nのために』『夜行観覧車』『往復書簡』『花の鎖』『境遇』『サファイア』『白ゆき姫殺人事件』『母性』『望郷』『高校入試』『豆の上で眠る』『山女日記』『物語のおわり』がある。

装画　チカツタケオ
装幀　新潮社装幀室

絶唱《ぜっしょう》

湊《みなと》かなえ

発行　2015年 1 月17日

発行者　佐藤隆信
発行所　株式会社新潮社

〒162-8711　東京都新宿区矢来町71
電話　03(3266)5411(編集部)　03(3266)5111(読者係)
http://www.shinchosha.co.jp

印刷所　大日本印刷株式会社

製本所　加藤製本株式会社

ISBN978-4-10-332913-8　C0093